WIR FLIEGEN

Peter Stamm

我们飞

〔瑞士〕彼得·施塔姆 著　苏晓琴 译

人民文学出版社
PEOPLE'S LITERATURE PUBLISHING HOUSE

著作权合同登记号　图字 01-2017-6229

Peter Stamm
Wir Fliegen
―――――――――――――――――――――――――――

Copyright © 2008 by Peter Stamm
This simplified Chinese language edition is published in arrangement with
Liepman AG Literary Agency, through The Grayhawk Agency.
All rights reserved.

图书在版编目(CIP)数据

我们飞 /(瑞士)彼得·施塔姆著;苏晓琴译.
—北京:人民文学出版社,2017
（短经典精选）
ISBN 978-7-02-013342-0

Ⅰ.①我… Ⅱ.①彼… ②苏… Ⅲ.①短篇小说-小
说集-瑞士-现代 Ⅳ.①I522.45

中国版本图书馆 CIP 数据核字(2017)第 225767 号

总　策　划	黄育海
责任编辑	甘　慧　欧雪勤
封面设计	好谢翔

出版发行	人民文学出版社
社　　　址	北京市朝内大街 166 号
邮政编码	100705
网　　　址	http://www.rw-cn.com
印　　　制	上海盛通时代印刷有限公司
经　　　销	全国新华书店等
开　　　本	890 毫米×1240 毫米　1/32
印　　　张	4.875
字　　　数	86 千字
版　　　次	2018 年 4 月北京第 1 版
印　　　次	2018 年 4 月第 1 次印刷
书　　　号	978-7-02-013342-0
定　　　价	39.00 元

如有印装质量问题,请与本社图书销售中心调换。电话:010-65233595

SHORT CLASSICS
短经典精选

目录

001	期待
016	异物
029	三姊妹
047	受伤
064	诊断书
073	我们飞
083	录像城
091	男士与男童
097	一封信
109	晚年
117	神的儿女
139	你得走进田野……

期　待

奇怪的是，你只要等着，哪怕周围噪声再大，还是能听到一声轻微的响动。别人听不见，因为他们不知道我楼上公寓的地板会吱吱作响，他们继续说笑，好像什么事儿都没发生似的。他们一边说，一边笑，一边喝着我买的酒，吃着我做的饭，对此事却只字不提，他们可能以为来看我是在做善事。据说大多数女人是在工作时找到伴侣的，可我们的工作是跟一群五六岁的小孩，跟他们成双作对的父母或单身的母亲打交道。卡琳参加童子军那会儿就认识皮姆了，雅娜柯是在澳大利亚度假时遇到斯特凡的，两个荷兰人偏偏要在澳大利亚相识，这个故事我都听过上百遍了，他们还觉得挺有趣。他们现在正在谈论一年就要过去了，要在新的一年里改掉哪些毛病。卡琳冲着皮姆说："上完厕所后，把抽水马桶的座圈放下来！"雅娜柯一脸作呕的样子："你不会真这样吧？"她说自己早就教会斯特凡坐着撒尿了。可卡琳认为男人对个人卫生的理解有所不同，皮姆反驳道："那女人呢？女人就能把用过的卫生棉条扔进废纸篓?"他们就这样,整个晚上都说不出一句正经像样的话来。

"能再来点咖啡吗?"斯特凡问,好像我是他们的服务生似的。"不行。"我说。他们没明白过来,我不得不响亮而清楚地重复一遍:"我累了,你们现在要走的话,我不会拦你们。"他们笑了,说:"我们去别处喝。"出门时,雅娜柯问我还好吧。她做出一副在孩子跌倒碰伤膝盖后满是怜爱、让人觉得她自己马上也要哭出来的表情。可当我回答我没事,只是想一个人待着时,她却完全有耳无心了。我认定他们不会再去喝什么咖啡,他们也不会议论我,我没什么好议论的。这也无妨。

我轻手轻脚地走回客厅,竖起耳朵。楼上先是安静了一会儿,接着,吱吱嘎嘎的声音又响了,听上去像是有人在楼上偷偷摸摸、刻意不想发出声音似的。我跟着脚步声从门口走到窗口,又走回房间中央。一把椅子,或一件比较轻的家具挪动了一下,然后是一声不知道从何而来的声响,听上去像是一件沉重、柔软的东西落到了地上。

我还从来没有跟德·格罗特女士打过照面,只是从门铃上知道她叫什么。尽管如此,我还是觉得了解她要甚于其他任何人。我收听楼上的广播电台,听她吸尘,她洗碗时哐哐啷啷的声音清晰得像是有人在我的厨房里刷碗。我能听见她半夜起床来回走动的声音,听见她在浴缸里放水,拉抽水马桶,打开窗户。有时,她在楼上浇花，水会滴到我的阳台上，可当我探身往上望去，却不见一个人影。我觉得她从来就没有离开过自己的房间。我喜欢这些声音，觉得像是跟一个幽灵生活在一起，一个无形而友善的生命体在呵护着我。可就在差不多近两个星期以前，楼上突然安静了，之后，我就再也没有听到响声。现在，那个吱吱嘎嘎的声音回来了。

我起先认为那是小偷。我一边脱衣服，走进浴室，一边想是不是应该报警，或者通知公寓管理员，最后决定自己去打探个究竟。这时，我已经换好了睡衣。我很惊讶自己不感到害怕。不过，我从不害怕，我什么都不怕，这是一个单身女人必须学会的。我披上晨衣，套上鞋，看了看表。十一点了。

我按了两次铃，这才透过门上的窥视孔看见里面的灯亮了。一个比我年轻许多的小伙子打开门，非常和气地说："晚上好。"我立刻想到不该上楼来，为什么不管好自己而老爱去管别人的闲事。可大家也不是没有听说过有人死在家里好几个星期也没被发现的故事。那男孩穿着一条黑色的牛仔裤，一件黑色的T恤，上面写着"铁娘子"，我猜这是哪个摇滚乐队的名字。他没穿鞋，袜子破了几个洞。

我说，我住在楼下，听到脚步声，德·格罗特女士显然是搬走了，所以我想，那可能是小偷。男孩笑了，说我就这么上来了，很勇敢，如果是他，他就去报警了，还问我怎么知道是一个女的住在这儿？他问得对，门铃上只写了"P. 德·格罗特"，但我一开始就肯定那是一个女的，而且是一个上了年纪的女人。我说我只听到过那人的声音，从没见过那人。他问，女人听上去是否跟男人不同？我一时以为他在取笑我，可他看上去是认真的。我说，我不知道。他用一种夹杂着好奇和胆怯的孩童般的眼神打量我。我向他道歉，说，我都已经上床睡了。我不知道自己为什么要撒谎，从第一刻起，他就能迫使我说一些并不想说的话。我们一言不发地注视着对方。我正想着自己该走了，他问要不要跟他喝一杯咖啡。尽管我从不在这个时候喝咖啡，而且还穿着晨衣，我还是马上答应了。我跟着他走进屋，门在我身后关上的那一刻，我的脑子里闪过的念头是，他可能是小偷，想把我骗进屋后再干掉我。他身材瘦削，面色苍白，却比我高出一个头，手臂的肌肉发达。我想象他怎样向我扑来，抓住我，把我狠狠地推倒在地，然后怎样坐在我的肚子上，紧紧地抓住我的双臂，把我弄得很疼，之后又在我的嘴里塞上东西不让我喊叫。可是，他却走进厨房，用锅子盛上水，点着炉子，然后看似毫无目标的一个一个打开橱柜。水壶、咖啡、咖啡滤纸、糖、糖精、牛奶——他嘟囔着，像在背诵单词。他没找到咖啡，我说，我可以下楼去取一些。"不用。"他说得极其坚决，我不禁打了个哆嗦。他想了想，然后说：

"我们可以喝茶。"

他的房间布置得跟我想象中的老妇人的家别无二致。客厅的茶几上放着电视节目预告杂志，沙发上摆着毛线活儿，房间里满是针织的靠垫和钩编的套子、各种各样的小物件、手工艺品和小镜框，照片里的人衣着过时，相貌丑陋。我们坐了下来，我坐沙发，他坐在一张大大的沙发椅上，沙发椅的扶手上有一个安装了几个按钮的小盒子。他按下其中一个按钮，一只脚凳从沙发椅的底座缓缓升起。他又按下另一个开关，让靠背先是往后，然后往前倾斜。他花了好一会儿工夫摆弄那些按钮，像刚刚得到一件新玩具的孩子在骄傲地当众炫耀。我们还没互相介绍呢，他突然说，然后跃起身，把手伸了过来。"我叫达芙妮。"我说。他又笑了，说："啊，我叫帕特里克，真奇怪，我们之前怎么就从没打过照面呢。"他一直握着我的手不放，问我是不是一个人住。他用"您"来称呼我，虽然我比他年长不少，可这还是有点让我恼怒。他询问我的生活、我的工作、我的家人，他问了一大串问题，让我都没有机会问他些什么。我还不习惯有人对我感兴趣。我可能说得太多了，我谈到了我的童年、我四年前在一次摩托车事故中死去的弟弟、我的父亲、我的母亲、我在幼儿园的工作。这些肯定都不是什么精彩的故事，可他却听得非常认真，眼睛一闪一闪的，就跟那些听我讲故事的孩子一样。

　　茶喝完了，帕特里克站起身，打开橱柜，找到一瓶积了灰的金万利酒，酒瓶差不多还是满的。他取出两只小玻璃杯，放到桌上，斟满，然后举起其中的一只，说：

"敬不速之客。"

我其实不爱喝甜酒，却还是把酒一口干了，他也在喝的时候扮了个鬼脸，好像同样不习惯烈酒。我说，我那儿刚才来客人了，是两个同事和她们的男友，我们每个月的头一个星期五都要聚一下。我不知道为什么告诉他这些，不过也就这些了，其他没什么好说的。他说，他最喜欢一月，他的生日在一月，再过两个星期就到了，还有，他喜欢大冷天。

"您最喜欢哪个月份？"

"我从来没想过。不过，我讨厌十一月。"

他有一个他最喜欢的月份、一个最喜欢的季节、最喜欢的花和宠物、最喜欢读的书，等等，除了这些，他不提其他跟自己有关的事。我觉得他根本就没什么好讲述的，就像我幼儿园的那些孩子，问他们放假时都做了些什么，他们只会回答，玩儿了。

他真的像一个孩子，性格开朗，有些无助，有时有点害羞，看上去总是有点惊讶的样子。他还很喜欢笑。他问我喜欢孩子吗？我说，当然，那是我的工作。

"这不说明什么，屠夫也会喜欢动物。"

"可我喜欢孩子，所以我成了幼儿园老师。"

他满是惊恐的样子向我道歉，像是说了什么不该说的话，并再次把酒杯斟满。我说，不了，可还是喝了。

"我不该这么好奇。"

"是的，你确实不该。"

我听上去肯定像幼儿园阿姨，可是，我现在已经迷恋上了他的好奇和那种能够给最无趣的故事以某种意义的询问的目光。有时，他会长时间地沉默，只是微笑着，望着我。当他问我有没有男朋友时，我变得有些恼火。这个问题我听过太多次了，再说，这跟他一点关系也没有，我不跟男人生活在一起并不说明……他睁大眼睛看着我，我不知道该说些什么。我的犹豫更加让我恼火。

"您现在生我气了。"

"没有，我没有生气。"

我们如此这般地继续下去，喝着酒，天南地北地闲聊，我们谈论我，就是不谈论他。他在向我挑战，但我觉得他不是故意的。他盯着我的大腿，我这时才意识到晨衣的下摆岔开一些，露出了我的大腿。我得刮腿毛了，可又有谁在乎呢？我拉起下摆，帕特里克看着我，好像做了不该做的事被我当场抓住似的。我醉醺醺的，他现在可以对我随心所欲。这个念头一冒出来，我便感到羞愧。他那么年轻，我都可以做他的母亲了。我真想用手捋过他的头发，我想抱住他，不让他受到任何伤害，让他像幼儿园的那些孩子一样拥抱我，把头枕在我的膝上，在我的怀里入睡。他打了一个哈欠，我看了看时钟。三点了。

"我现在真的得走了。"

"明天星期六。"

"可我还是该告辞了。"

他站起身，坐到沙发上。他坐到我的身边，问，可不可以亲我一下道晚安。他不等我回答便拉起我的手，吻了一下。我吓了一跳，猛地把手抽回。他跃起身，疾步走到窗前，像是害怕我惩罚他的样子。

"对不起。"

"不必。"

他说了一些"我尊重您啊"之类的奇怪的话。我们沉默许久，然后，他说，下雨了，现在，漂亮的雪就要全部融化了。我说，我不喜欢雪，却忽然变得连自己也不那么肯定。我不喜欢雪，是因为一下雪，孩子们就都穿得厚厚的，我得花上整整半个小时帮他们脱掉外套。还有，他们的靴子会弄脏屋子。我小时候喜欢过雪，那时，我喜欢过许多东西。我觉得自己整个晚上都在抱怨这，抱怨那，他说他喜欢什么，我讲我不喜欢什么。他一定觉得我是一个消极颓废、愤世嫉俗的老处女。我也许真是这样。我说，我不喜欢城里下雪，因为一下雪，马上就会有人在街上撒融雪盐，然后就……我想象同帕特里克一起滑雪橇的情形，他坐在我的背后，大腿紧贴着我的身子，我能感到它们的温暖。他用双臂抱住我，抱得很紧，他把脸探进我的头发，我的脖子能够感觉到他的呼吸。他在我的耳边喃喃细语。突然，他毫无上下文地说我是一个非常出色的女人，他很高兴能够认识我。这是我没料到的。

"我们明天能见面吗？"

"周六是我探望父母的日子。"

我说，如果愿意，他可以星期天来我家吃晚饭，我无所谓给一个人还是两个人做饭。我还补充了一句，我喜欢做饭。至少还有一件事情是我喜欢的。道别时，他又吻了我的手。

我无法入睡。我听见他来回走动，梳洗，上厕所。他友善，细心周到，很有礼貌，可他笑的时候，让人有点害怕。人们总是怀疑善良的人，这实在可悲。

第二天，我醒得很早，头疼，嘴里有一股苦涩的味道。吃早饭时，我便已开始翻阅菜谱。我说了我会做一些家常便饭，可现在，我想给他留下深刻一点的印象。现在这个季节，商店里买不到什么像样的东西，蔬菜大多是从老远的地方运来的，肯尼亚的豆角，什么乱七八糟的东西，吃起来一点味道也没有，还不如买速冻蔬菜。傍晚的时候，我因为一件小事同父亲吵了一架。

星期天，我花了一整个下午在厨房准备晚饭。楼上没有一丝动静，帕特里克也许出去了。六点整时，门铃却响了。他送了我一大束鲜花，又吻了我的手。我希望这不是他惯用的什么花招。我没有大得能够装下那束花的瓶子，就先把花放进浴室的一只塑料桶里了。很少有人送我鲜花。其实，从来没有人送花给我，我自己也不买，很多鲜花是从第三世界国家运来的，农药会使采摘鲜花的男人失去生育繁殖能力。现在，我非但不感谢他送花给我，反倒又变得如此消极悲观。

吃饭时，他一再地说饭菜如何美味，弄得我都不好意思起来。菜确实做得不错，我挺会做饭。您还很会做饭，他说我太完美了。我差点笑出声来。我没法把他的恭维当真，那听起来总像是有人在学舌，在重复一些从大人那儿听来的话。但我好像真的打动了他，只是，我无法想象这从何而来。我每次开始说话，他都会停止用餐，睁大眼睛看着我，他还记得我说过的每一件事。他知道那么多我的事情，而我对他却一无所知。

后来，我们坐在沙发上，他笨手笨脚地把酒洒了，我差一点拍了他一巴掌，就像看到孩子淘气时那样，幸好，在最后一刻克制住了。我一边走进厨房去取盐和矿泉水，一边想象怎样把他的裤子扒下，狠狠地抽他的屁股，揍上他一顿。

那块酒渍当然去不掉了，永远也去不掉了。买白颜色的沙发也真够愚蠢的，可我就是喜欢我的白颜色的沙发。沙发是我在弟弟死后买的，它多少跟他有些关系。帕特里克不知所措地看着我吃力地把酒渍弄干净，他千道歉，万道歉，说会给我买新的沙发套，但我还是非常生气，很快便说，我得睡了，明天还要上班。他站了起来。在门口时，他又用一种难过之极的眼神看着我，道了最后一声歉。行了，行了，我说，都过去了。我们没有提再见面的事，他什么都没说，我还是有些怏怏不乐。

我问自己，他是不是也能那么清楚地听到我的声音。现在淋浴时，我会突然觉得自己赤条条的，上厕所时也会锁上门，有时，为了不让他听见我的声音，我也不抽水。我的肾脏不好，必须多喝水，所以得经常上厕所。总之，我现在才意识到自己发出的声音有多大。比如，我会穿着鞋子在屋里走动，吸尘时会把收音机的音量调大，有时还会自言自语地训斥自己，或者哼唱童谣。这些毛病，我必须马上统统改掉。我买了一双软底拖鞋。失手将一只玻璃杯掉到地上砸得粉碎时，我静静地听了好几分钟，看楼上有没有动静。可上面静悄悄的。

他离我那么近，天知道他都会做些什么来窃听我的行踪，这让我无法忍受。我开始经常出门，去咖啡馆，或者去散步。天气又重新转冷，我得小心别感冒了。去年，我得了膀胱炎，康复得慢，还得服用抗生素，好几天上不了班。事后，雅娜柯和卡琳还风言风语地说是膀胱炎啊。她们的脑子里只会想到这一件事情。

三天过后，我刚回到家，帕特里克便按响了门铃，他之前一定是在等我。他拿着一个新的沙发套和一只包着礼品纸的盒子。帮我一起换沙发套时，我们的手碰到了一块儿。盒子里是一只煎鱼用的平底锅。上次吃晚饭时，我说过还缺只煎鱼锅，他就给我买了一只。这种款式的锅子可不便宜。

"你疯了吧，真的没这个必要。"

"为了弥补我给您带来的麻烦。"

他微笑了。然后，我们接吻了。这是第一次，我也说不上是谁主动，就发生了。他的吻有些贪婪，他用嘴唇套住我的嘴，然后一闭，一合，像要吞了我似的。他一直牢牢地抓着我的双臂，我感觉到他的力量，无法动弹。我说，他不该那么用劲，他立刻松开我说对不起。事实上，他一直不停地在为这为那道歉。我们接吻这件事似乎让他有些尴尬，我觉得他没有接过很多次吻。我想象他如何脱下我的衣服，如何在新铺了套子的沙发上跟我做爱，精液留下的痕迹可永远去不掉。我怎么尽想些如此无聊的事情呢。可他只是看着我。

他已经回到楼上，我还在想他。我对他一无所知，不知道他屋里的摆设是不是属于他的，他是在这儿常住，还是暂居。我不知道他姓什么，年龄有多大，做什么工作。他似乎不缺钱花，能送我那么贵重的礼物。我在想，雅娜柯和卡琳如果看见我们在一起时，她们都会说些什么——她现在彻底疯了，或者——她本来就无药可救，或者——她花钱养他，他在利用她。可我却总是有利用他的感觉。

我们现在每隔两三天见一次面，有时他下楼，有时我上去，我们总是能马上知道谁回家了。有时，我们也会在电话上聊几个小时，这时，我会突然无法确定是通过话筒，还是透过天花板听到了他的声音。

我觉得我们共进晚餐时，酒总是喝得很多，可我却从没见他醉过。我们像相识已久的朋友那样交谈，只有在告别时才亲吻。这几乎已经成了一种习惯。是我主动舌吻，主动抚摸他，然后，他也开始抚摸我，但只是用指尖抚摸我的臀部和我的腰。我的腰有时会隐隐作痛。有一次，我把他的一只手放到我的胸前，手一动不动地在那儿滞留了一会儿，然后缩了回去。我想，他还需要时间，可我的时间不多了。我当然没有这么说。我说话时已经变得小心翼翼。我观察他。我竖耳倾听。

他有时一整夜都不回家，那时，我便无法入睡，我留神倾听，第二天早晨就累得要命。我讨厌自己这样，却无法自制。我们下一次见面时，他却会主动告诉我自己去了哪儿，父母的家，或者他从未跟我提过的朋友家。他一定察觉到了我的疑心。

上班时，雅娜柯问我怎么了，是不是病了，我看上去很累。我只说了一句没睡好，就不再多言。我瘦了，提不起胃口。可这又有什么办法呢？雅娜柯说，她想跟斯特凡分手，这是她的另一个新年计划，他还不知道。她向我倾诉烦恼，谁都爱跑到我这儿诉苦，可当我想给她们一些忠告时，她们就又不爱听了，说，事情可没那么简单。卡琳的心情糟透了，可又说不上来为什么，她实在让人受不了，对孩子也这样，直到一个孩子哭了起来，她也跟着一块儿哭。

帕特里克说，他真的很喜欢我，他根本配不上我，然后，再次吻我，身体却跟我拉开了距离。我心想，他的身体是不是有问题，他看上去挺结实，不过，这不能说明什么。现在，失去性能力或性能力衰退的男人越来越多了，精子的质量也越来越差，这都要怪那些从塑料瓶进入瓶装水里的雌性激素。

我给自己定了一个期限，如果他到月底还下不了决心，我便全身而退。可是，下什么决心呢？我连自己都不知道我期待什么。期待他撕下我的衣服，把我推倒在沙发上？肯定不是。期待他敞开心扉，向我倾诉，哪怕就几句，也够了。

第二天回到家，我听到楼上传来莱昂纳尔·里奇的专辑《你好》，音量比平常大。我给帕特里克放过一次这张唱片，他肯定也买了。他在等我，这是他迎接我的方式。我期待着他现在就给我打电话，或者来我这儿。我听见他离开房间，锁上门，下楼。但他没有停下脚步。接着，大楼的门嘭的一声关上了。午夜过后，他才回家。我听见他的脚步声，步伐缓慢，地板吱吱作响，有一瞬间，我觉得那是两个人的脚步声。但这不可能。之后，一片寂静。寂静是最叫人害怕的，我无法入睡。我已经有好几天合不上眼了，脑子里尽是些荒唐至极的念头，一些让人脸红的可怕的幻想。

他过生日那天为我做了饭。他很费了一番心思，还用瓢虫巧克力装点了餐桌。吃饭时，我不小心弄脏了衬衫。我脱下衬衫清洗污渍，帕特里克跟着我走进厨房，我们继续交谈。他看着我，好像一切正常。哪怕我脱得精光，他也不会有所察觉，这可不太正常。我问自己他到底想要什么。我下楼换了一件干净的衬衣，听见他去厕所，还冲了两次。我就更不想上去了。我们不在一起的时候，只能听到对方的声音，却离得更近。

吃饭时，我们又喝了很多酒，整整一瓶。吻别时，他突然悄声说，这不厚道，便停下了。现在，我躺在床上，无法入睡。他就在我的上面，仅数米之遥。我张开双腿，想象他躺在我的身上，爱我，紧紧地抓住我的臂膀，就像吻我时那样。他抓住我的头发，揪我的头发，抽我的脸，我用双腿搂住他，他贪婪地吻我，我们出汗了，周围如此安静，安静极了，只有他的呼吸声。我能够在我散开的头发中感觉到他的呼吸，我把手臂伸向他，来吧，我悄声地说，来吧，来吧！他离得那么近，我几乎能够触摸到他。

异　物

　　克里斯托夫关上灯，观众席即刻安静了下来。黑暗持续了几秒钟，观众席便又骚动起来，椅子吱吱作响，夹杂着短促的咳嗽声和一些难以识辨来源的噪声。当观众席开始窃窃私语时，克里斯托夫打开了麦克风，音箱突然发出的声响令礼堂的空间愈加空荡，黑暗愈加浓重。他如果能够做到全神贯注，如果能够将这种专注转移到观众身上，那么，他就应该能够不需要一张照片，最后甚至不需要语言，而只需要在黑暗中，一个小时、两个小时……让时间逝去。

　　那里有几十万年之久，没有光，没有气味，也没有生命，只有水的声音。水滴落，飞溅，流淌，穿过岩石的细缝，汇成细流，然后，将细缝磨宽，磨成岩缝，这时，水已经成了溪流。一千年，一万年，十万年，就这样，最后，冲出一个又一个岩洞。克里斯托夫打开投影仪。画面是一个水溶岩洞，好几枚闪光灯射向洞顶，可岩洞还是消失在黑暗深处。第一张照片是最关键的，它必须立刻捉住观众的注意力。他让那张经过精心挑选的幻灯片静置许久，一句话也不说。他能够感觉到今晚的效果会很不错。

接下去的几张照片逊色了一些。安了栅栏门的岩洞入口，进入洞口后的头几百米，水泥路，钢丝绳，几枚从岩洞深处挪到岩洞入口处用来吸引游客参加日间一日游的小钟乳石。观众席放松了下来，开始倾听克里斯托夫讲述岩洞发现的经过、第一次勘测时的情形，以及在地下工作和生活的技术难度。其中一张幻灯片拍了一张地图，地图上标满了各种颜色的杂乱的线条，那是一些已经勘测过的通道。

"人们已经完成了一百八十公里的勘测和地图绘制工作，但我们估计剩余部分还会是好几倍。"

下一张幻灯是一段通往下方的陡峭的楼梯，楼梯突然在一堆碎石堆上打住。"探险开始了。"克里斯托夫说。之后的照片不需要解说，那是一些险要的地势、狭窄的缝隙、深谷、曲流、断层，有几张是岩洞勘探队员，他们穿着满身是泥的橙色罩衣，头戴电石灯，或匍匐爬行穿过夹缝，或顺着绳索降入深不见底的洞穴。克里斯托夫说："人居然能够穿过如此狭窄的缝隙，这每次都让人觉得不可思议。"

然后，是临时宿营地，勘探队全体成员首次合影，大家围坐在野营桌边享用瑞士火锅，喝酒。"有时，"克里斯托夫说，"你会忘了自己是在岩洞里，直到上厕所时，才会突然重新意识到。这时，如果手电坏了，或灯灭了，你在数秒之内便会完全失去方向感。"他又播放了几张勘探队员躺在睡袋里的照片，睡袋下面垫着厚厚的密封在塑料布里的泡沫垫。队员的脸很脏，神情疲惫，眼睛里却闪烁着晨醒之人迷乱的眼神。"我们现在休息一下。您在前厅售书点可以购买到我的书籍，也能够获得更多有关跟随向导参加岩洞一天或多日游的信息。"克里斯托夫打开音乐，然后匆匆走出会场，以便赶在别人之前到达已经摆好了书的售书台。

一个同克里斯托夫年龄相仿的男子兴味索然地翻阅着样书，他的身边站着一个看上去比他年轻许多、带着点孩子气的瘦削女子，两人都穿着羊丽绒夹克。男子问克里斯托夫有没有在岩洞里潜过水——他用"你"，而不是"您"称呼克里斯托夫。不等克里斯托夫回答，他便说自己已游历全球，去过各种岩洞。他的语调里有一种克里斯托夫在许多热衷极限运动的人身上经常能够察觉到的攻击性，有时，他觉得这类人是专门为了向他描述自己的经历，为了同他竞争、向他挑战才来听他的报告的。克里斯托夫答道，他会在中场休息后播放几张不对游客开放的那部分岩洞的照片。他因为没有不屑于同这个男人如此计较而感到有些惭愧。对方却没有反应，继续翻阅样书。照片拍得还是相当不错的，他说，并问克里斯托夫是否去过马来西亚的姆鲁洞。这时，一个年长一些的男子走近售书桌，也不翻阅，便买了一本，还请克里斯托夫在书中题词。这对男女便慢慢离开了。

中场休息结束前，克里斯托夫又注意到了那两人。他们在桌子附近停下脚步，男的一边朝他的方向看来，一边同女友说着什么，脸上带着讥讽的表情。

克里斯托夫不无戏剧性地说："好，现在让我们去勘探'涅槃'。那是一组难度极高的洞穴群，总共只有十来个人进去过。"一枚与人等高的石笋，一些几毫米高的石钟乳，一组组棕褐色、乳白色、黄色的钟乳石，它们从上个冰河纪开始在黑暗中生长，只为数万年后在光的冲击下于刹那间显现出来，闪着银光的潮湿的岩壁——克里斯托夫让幻灯片一张张地在黑暗中浮现，然后慢慢消失，就像闪光灯在岩洞中闪亮，然后又慢慢地从视网膜消失那样。

克里斯托夫每次看到这些照片便会不寒而栗，他又一次感觉到了那些岩群的重量，他感到了恐惧，那种对山体全然冷漠却只需要一个微小的动作便可将他压得粉碎的恐惧。这时，他便会开始摆弄闪光灯，给照相机充电，熟练的操作能够起到缓解作用，使他能够动弹。然而，这种恐惧不会消失，而且会永远存在。

克里斯托夫说："地球上肯定还有成千上万的洞穴从未有人涉足，而且永远不会有人涉足，我们的脚下有一个神奇之极的岩石世界。"他打住了，不知道还该说什么——任何话语、任何画面都不足以表达，你得自己去亲身体验那种毫无意义的美——现在只能听见投影仪的响声、风扇的嗡嗡声,和一张张幻灯推入光源的吱嘎声。

"当你重新回到地面时,"克里斯托夫说,"让你喘不过气来的,不是阳光,也不是色彩,而是气味。树林的气味,生命的气味,生长和腐烂的气味。在岩洞里,你是闻不到任何气味的。"最后一张幻灯片将观众带回了地面,那是一片林间小湖,充满了诗情画意,湖水直接来自山的深处。克里斯托夫说:"每年,流水溶化数千数万吨的石灰,就这样每日每夜,一个小时又一个小时地让岩洞慢慢生长。"他关上投影仪和扩音器,打开灯。观众鼓起掌来。

演讲结束后,几个观众走到他跟前提了一些问题,他们的眼睛里闪着兴奋的光芒,向他打听跟随向导游览岩洞的情况。最后一位客人走后,克里斯托夫开始收拾投影仪,将幻灯片装进盒子,把它们同没有卖掉的书一起放到手推车上,然后走出礼堂,点燃一支烟。天变冷了。

"想跟我们去喝点什么吗?"

克里斯托夫愣了一下,他看见先前的那个男子站在数米开外处,岔着双腿,像是在向谁挑战。

"可以喝一杯啤酒,"他出于礼貌地说,"我还有很长一段路要开车回家。"

那个男子朝他走来,伸出手,说:"我叫克莱门斯。那是萨宾娜。"他朝着暗处指了指，克里斯托夫这才隐约地看见那个年轻女子的身影。

他们在酒吧已经坐了好一会儿了，对话还是进行得相当艰难。克莱门斯描述了一些他曾经参加过的探险活动，反复地使用同样的形容词道出一长串岩洞的名字，说自己拍了几千张照片，有机会的话让克里斯托夫看看，或许他还能找到几张演讲时用得上的。萨宾娜除了问好之外，就再没说一句话。克里斯托夫大部分时间也在沉默，偶尔点一下头，微笑一下，做出对克莱门斯的故事感兴趣的样子。在对某次潜水经历进行冗长叙述后，克莱门斯沉默了一下，克里斯托夫便借机问萨宾娜是否也参加过岩洞探险。

"我们就是在一次探险时认识的。"她答道。接着，像是有人按下了某个开关，她开始罗列自己曾经去过的洞穴。她只说出了岩洞的名字和探险的年份，说完便又沉默了，让克里斯托夫觉得她好似一句话也没有说过。

"我们为什么不三个人一起进行一次岩洞游呢？"克莱门斯问。

克里斯托夫不置可否地笑了笑，说："看吧。我现在得走了。"说着，便挥手招呼服务生。大家沉默了片刻。然后，克莱门斯说："去'涅槃'。"他说这话时，声音比之前小，克里斯托夫起初无法确定自己是否听错，直到克莱门斯又重复了一遍："去'涅槃'。"

"怎么才能进到那里？"他问，眼睛里闪着饥渴的光。

服务生走到他们桌前，克莱门斯说再来一杯啤酒，"你也来点什么？"他的声音现在是恳求的，几近胆怯。克里斯托夫要了一杯兑水苹果汁，等饮料到后，他开始讲述。在叙述时，他仿佛又回到了地下。

他在山体的深处，正淌水通过一条地下暗河。水是冰冷的，而且越来越深，深到腹部、胸部和下巴。水在岩洞的尽头离洞顶只有几公分的距离，那儿有一条极其狭窄的岩缝通向斜上方，克里斯托夫在进入岩缝后，手便再也无法后伸，只能紧贴着向导，用脚尖将自己一寸一寸地往前推。没有人说一句话，只有靴子擦划的响声，和队员时而发出的呻吟声或咳嗽声。当在他前面的人停了下来，说他们正处在岩石断层处，还得坚持一会儿时，克里斯托夫早已失去了时间感，对方的声音听上去非常近，这让他有些诧异。向导一边诅咒，一边挣扎着穿过岩缝最狭窄的部分。克里斯托夫等着。寒气已经侵入他的氯丁橡胶套装，似乎正慢慢地在他的体内扩散。他闭上眼睛，看到自己四肢伸展躺在那儿，被围困在岩石之中，成为一个异物。他心想，我们被活埋了，永远也出不去了。他突然意识到自己呼吸急促。他强迫自己不去想身处何方，他试着回想儿歌的歌谣，在心里默算自己拍的那些照片能带来多少稿酬，想象外边的风景、辽阔的天空和飘浮的云朵。这时，他前面的人不见了，克里斯托夫看着那处断层，紧张地笑道："你让我从这儿过？""能过的。"他听见同伴不知来自何方、却仍然很近的声音，"我们已经完成了一半路程。"克里斯托夫的身体开始像机器一般无意识地继续操作。

克莱门斯听得两眼发光，趁克里斯托夫停顿时，说："我也要去。你们也加入？"克里斯托夫说，那一部分的洞穴没有向导。"那你帮我们通融通融。"克莱门斯答道，他不在乎破点儿费。萨宾娜半带疑问，半带对冒险的渴望，望着克里斯托夫的双眼，克里斯托夫对她说："你长得瘦小，你最容易过了。"他说，那儿没什么危险，恐惧才是唯一的危险。"恐惧，是唯一的危险。"他重复了一遍。

克莱门斯上洗手间，克里斯托夫看见他下楼时对侍者说了些什么，服务生在他回来之前，便已端来了一瓶红葡萄酒和三只玻璃杯。

"你们在一起多久了？"克里斯托夫问。

"两年了。"萨宾娜说。"他是个疯子，"她说，"什么都试过，徒手攀岩，峡谷探险，深雪越野。有一次，因为离开了滑行道，他还遇上了雪崩。他整个儿就是个疯子。"

"今晚你睡我们家。"克莱门斯说着又点了一瓶酒，上一瓶几乎被他一个人喝光了。他们讨论使用哪些装备，在哪里进行预备训练，什么时候是探险的最佳时间。萨宾娜喝得很少，仍像先前一样沉默。克里斯托夫仍旧不怎么喜欢克莱门斯，却被他带动了起来。这就像一场游戏，一次较量，这——他忽然恍然大悟——与萨宾娜有关：他们在为这个冷漠、童稚、看似无心倾听的女人进行较量。他觉得自己落入了陷阱，当克莱门斯邀请他在自己家里过夜时，他别无选择。这场游戏必须进行到底。

克里斯托夫能够感觉到酒精的作用，却没有醉。克莱门斯走在前头，跌跌撞撞地爬上公寓楼的楼梯，用了好一会儿才找到插钥匙的锁孔。克里斯托夫不知道自己为什么从跨入公寓的第一刻起就感觉不自在。他的这两位主人看来根本无所谓摆设美观与否，他们只添置了几件最基本的日常用品，可尽管如此，屋里还是显得相当凌乱，家具互不搭配，摆放的位置也不对，很随意，像是被人搁下后就再也没挪动过。

克莱门斯什么话也没说就消失了。萨宾娜把克里斯托夫领到客房，他看着她铺完床单，很快出去拿了一条手巾回来。"克莱门斯已经睡着了，"她说，"衣服也没脱。"

克里斯托夫去浴室梳洗完毕回来后，发现萨宾娜在客厅，她正在翻阅一本相册。他坐到她身边，她把相册递给他，闪身进了浴室。相册打开的那一页页首写着：马来西亚姆鲁洞。照片拍得不好，在大岩洞里仅用一只闪光灯是达不到什么效果的。有几张照片是克莱门斯，另外几张是一个漂亮的金发女郎做着鬼脸，最后一张是两人的合影。他们穿着脏脏的连身服，笑容疲惫，中间站着一个比他们矮了一截、表情警觉的当地人。相册最后一页夹了一叠尚未黏贴的照片。克里斯托夫开始从头翻阅相册。那是另一次旅行时拍的照片，还是那位金发女郎，她这次穿的是潜水服。

"那是他的前女友。"萨宾娜说。她站在他的面前，换了一条彩色的紧身裤和一件橙色的无袖汗衫。她的骨盆很窄，胸部像男孩一样扁平。她问他想喝什么，啤酒？水，克里斯托夫说。

她给他倒了一杯水，在他身边坐下。他继续翻看相册，海滩，古老的寺庙，那位金发女子一再出现。萨宾娜说："他们是在那次雪崩后分手的，克莱门斯很长时间都没走出失恋的痛苦。你觉得她怎么样？"

她把手放在膝盖上，克里斯托夫看着她细得像是患了厌食症的胳膊，上面长满了细细的黑色毛发。她身上有一股——他纳闷了一会儿，才想起来那是樟脑的味道。她指着一张照片让他看什么东西，他这才发现她的手也瘦骨嶙峋。萨宾娜的年龄应该比他认为的要大，也许比他自己的年龄还大。

她轻声笑了。"他疯了。"她说，"我也疯了，还有你，不是么？我们都是疯子。我们为什么要去那个岩洞？你为什么要去那儿，去那个'涅槃'？是因为几乎没人去过吗？"

克里斯托夫不置可否地耸耸肩，合上相册。

萨宾娜说："操地球。"她站起来，把手伸向克里斯托夫，"我们这样做，是为了操地球。"

她不停地轻声说没事儿，她说，谁都难免遇上这种事。她的嘴唇离克里斯托夫的耳朵很近，他能感觉到她的嘴唇的运动。他们很努力了一番，可还是不行，克里斯托夫的脑子老是想着她在酒吧里罗列的那份名单，他觉得自己现在不过是她的又一个被征服者，她名单上的另一个名字而已。

"没事儿。"萨宾娜又说了一遍，像是为了说服自己，屋子里只有她的呼吸声。接着，她又开始在他身上倒腾，一边还咯咯地傻笑，这笑声持续得愈久，就愈发令人毛骨悚然。"别闹了，"他终于说，"我没有欲望。"她即刻住手，安静了下来。他稍稍挪开身子，他已无法忍受她的亲密。可她却跟了上来，用身子贴着他。他最后不得不起身坐在床沿上。屋里很黑，他坐着，凝视着黑暗。"你怎么了？"萨宾娜问。克里斯托夫还是一言不发。他告诉自己：承受住黑暗，忍受住沉默。他听到床单的沙沙声，应该是萨宾娜坐了起来。她没有碰他，可他能觉出她就在身后很近的地方。周围漆黑一片。他听见她突发而来的声音，语气甚是客观："你是不会带我们去的，对不对？你根本就不想带我们去。"这个想法似乎把她逗乐了，她又开始咯咯地笑。克里斯托夫把脸半侧向她，说他觉得自己再也不会去什么岩洞了。萨宾娜把一只手放在他裸露的后背上，像要把他推开似的。"我再也不行了。"他说。接着，他轻声地断断续续地讲述在去"涅槃"的路上，自己这辈子还从来没有那么害怕过，从前，恐惧总是能够激励他，能够帮助他绷紧神经，集中精神，可那次，在那条狭窄的岩缝里，恐惧令他丧失了行动的能力，一切力量仿佛离他而去，他感觉全然无助，各种杂乱的思绪在脑海里急剧旋转，"我不知道自己是怎么走出来的，我对归途没有任何记忆。"

萨宾娜把手从他的背上挪开，站起身，他听到脚步声，然后是沉闷的"砰"的一声，随后有人暗暗地诅咒了一句。屋顶的灯亮了。

"从那以后，我就再也没有踏入一个岩洞，"他说，然后直起身，"我连坐电梯都害怕了。"他嘶哑地笑了。萨宾娜说她要去睡了，语调里颇有推拒之意。他说他想回家，自己的酒应该已经醒了。萨宾娜也不接话，看着他穿上衣服，然后把他送到门口。她把脸伸了过来，他在她的嘴唇上敷衍了事地吻了一下。她看上去有些被得罪了的样子，"克莱门斯会失望的。"她说。"那你呢？"克里斯托夫问。她看着他，眼里带着一种可笑的责备的神色。

天空一片晴朗，星星在寒冷的空气里微微颤抖，克里斯托夫的心里又升起了那次在地下探险被围困数日后安全无恙返回地面重获自由时的感激和喜悦之情。他穿过空寂的村子，迷了路，可最终还是找到了先前那座多功能礼堂。他觉得轻松，感到一种异样的愉悦，不管那是一场什么样的游戏，他觉得自己赢了。

三姊妹

海蒂在凭记忆画那个女孩。她先用几根线条迅速地在纸上勾出轮廓，女孩低垂而略显臃肿的臀部、细细的腰、丰满的乳房，然后描绘局部，她的手、头发、腋窝和锁骨。"她为什么没穿衣服？"西里尔问。海蒂正在画脸，女孩的脸年轻单纯，不容易画好。"我现在就要。"坐在一旁看她画画的西里尔说。海蒂继续画。肩膀和手臂之间的过度部位很不好掌握，女孩的双臂像游泳运动员跳水前那样向后伸展着。海蒂用心地挑选颜色，褐色和红色画头发，粉红色、白色和一种明亮的黄色用来画皮肤部位。西里尔喊道："这是我的。"一把抢走了装着彩色铅笔的盒子，又动手去抢母亲的画稿。她拦开他，继续画脸部，她得画出十七岁少女那种貌似无所不知、却什么都不懂的蛮横放肆的表情。"妈妈。"西里尔抱怨道，看到母亲没有反应，便拿起一支红铅笔横划过画稿，笔尖发出一声尖锐刺耳的声音，断了。海蒂想要抢救画稿，却把纸给撕破了。她气得狠狠地推了一把西里尔，他从椅子上掉了下去，躺在地上号啕大哭，不是因为疼。她能识破这种心计十足、能把她气得冒烟的号叫。

海蒂把自己反锁在卧室里。她躺在床上，静静地一动不动。西里尔用拳头砰砰地敲门，然后停了下来，只能听到他呜咽的声音。她逐渐平静下来，开始深呼吸。她后悔推了那孩子。晚上，他会向父亲告状，他父亲会用一种担忧的眼神看着她，一语不发。他一直担心她不会带孩子，也把她当孩子看待。她怀孕和生产都很顺利，也从来没被孩子的教育问题难倒过，只是同他看法不一罢了。他心甘情愿地像宠她那样宠这个孩子。"雷纳是个软蛋。"海蒂的父亲有一次笑着对她说。可是，他同这位女婿相处得比自己女儿更好。

西里尔轻声呜咽着。海蒂打开门，跪下身抱住他。"没有人喜欢我。"他说。"我当然喜欢你了。"她说，"对不起，我不想弄疼你。""这里疼。"西里尔说，她亲了一下他指的地方，"还有这里。""你不该弄坏妈妈的画。"

西里尔去邻居家找莉娅玩了，他们上同一个幼儿园。海蒂细心地把画整平，用透明胶带黏贴好，然后把它放进衣柜的一只硬纸盒里藏了起来。她不想让雷纳看见，他即使看见了，也不会明白。然后，她动身去城里采购上午忘了买的东西。她路过火车站，在车站大门前停了脚步，查看张贴在外的火车时刻表。那趟列车的出发时间是午夜过两分，比六年前推迟了一分钟。她穿过地下通道，走到站台，在一张长凳上坐下。车站里空无一人，只有偶尔一辆货运列车猛地开来，又猛地消失。

那时，她也是独自一人在站台上。父母没有来送行，他们都反对她去维也纳，更何况她已经学有所长，还以优异的成绩从职校毕了业。她已经有好几个月没有同父亲说话了，如果不是怕邻里街坊议论，父亲早就把她扫地出门了。

海蒂一直等到最后一刻才开始收拾行李。因为只离开三四天，她需要的行李不多。在走廊穿鞋时，母亲走了过来，不知所措地望着她。海蒂都已经走到门口了，她这才说了一声"等等"，然后走进厨房，回来时，手里拿了一块巧克力。"考试前吃，"她说，"有镇静的作用。"

海蒂早到了不少时间。她走进火车站对面的露天餐厅坐下。花园里，栗树的树冠长成了一个密密的顶盖，几束零零落落的昏暗的灯链令黑夜显得更加浓郁。餐厅里除了一张桌子边坐着一帮男人就没有别的客人了，她一个也不认识，可他们还是夸张地扯大嗓门同她打招呼，像在取笑她似的。其中一个男人不停地说着黄段子，尽管压低了嗓门，或者也许正因为如此，他说的每句话，海蒂都听得清清楚楚。那些男人不时地偷眼瞧她。她知道自己长得像未成年儿童，直到现在，她上电影院，还会有售票员让她出示身份证。一个女招待走到她的桌前，那是一个比她大不了多少的女孩，说餐厅已经关门了，走过男人那桌时，她说"最后一轮"，便走进了餐厅。不多一会儿，她拿着几瓶啤酒走了出来。"我们已经关门了。"她冲着还坐着不动的海蒂叫道，然后，走到男人那桌坐下。

海蒂起身走了。她转过身，发现一个男人正醉眼醺醺地盯着她，然后笨重地站起身。她还担心他会尾随而来，那人却走进了侧楼里的洗手间。

天还是暖暖的。阿尔卑斯背风坡的梵风已经连着刮了好几天，现在，那几座山峰即使到了晚上，看上去仍然近得出奇，比平时更加伟岸。为了定下神来，海蒂开始默念它们的名字：赫尔王、格弗莱、三姊妹，她也能从自己房间的窗口望见这些山峰。她不禁想起学校老师讲过的一个传说：曾经有三姊妹，圣母日那天不去教堂礼拜，却跑到山里采浆果，遇见圣母显灵，向她们讨食浆果，三姊妹不愿分享，从此被立在那里，化作石峰。海蒂不知道自己为什么生来就喜欢站在铁石心肠的女人一边。那段山岭她已经在各种各样的天气条件下画过许多次，却从没去攀登过山峰。山路很陡峭，没有护栏，而她有些恐高。

两名边境官牵着一条德国警犬从地下通道走了出来。站台尽头忽然冒出一个穿着鲜艳马甲的站务员，海蒂随后望见了远处列车的车灯。

她来回走动寻找自己的车厢，因为担心火车会不等她上车就开走，她最后还是询问了那个站在卧铺车厢门外抽烟的乘务员。他指着一个方向，告诉她得赶紧了，火车还有三分钟就要启动。那两名边境官也上了车，列车的一头已经换好了火车头。海蒂慌忙地沿着站台疾走，一边走，一边不停地看着站台上的大时钟，当指针跳至午夜时，她上了车，沿着狭窄的通道，终于找到了自己的车厢。她还没有找到自己的那节包厢，卧铺列车乘务员已经走来向她索要车票和护照。她犹豫着把证件递了过去。乘务员似乎察觉了，他说，第二天一早就都会归还给她，还会及时叫醒她。火车猛地晃动一下便开动了，海蒂差一点摔倒，幸好乘务员眼疾手快，扶住了她的肩膀，可他随即又把手缩了回去，像是破了什么戒似的，向她道了声晚安，便走进自己的包厢不见了。

列车开过横跨莱茵河的大桥，现在，他们进入了列支敦士登，再过几分钟就到奥地利了。海蒂继续站在昏暗的走道里，望着漆黑一团的窗外。焦虑和紧张渐渐离她而去，她开始心怀喜悦地期待着这次旅行和她还从未谋面的维也纳。美术学院，她一遍一遍地在心里默念这几个字，偏偏是她，这个父亲曾经觉得是浪费时间，所以连高中也不让她读的大家眼里的小女孩要去报考美术学院了。——你是不是觉得自己比我们都强还是怎么着？他说。父亲在乡里的办事处为她谋到了一个学徒位置。假如没有再次遇到从前的美术老师，她也根本不会产生当艺术家的念头。

布兰德女士几个月前来户籍登记处，她的钱包丢了，也许被人偷了，她来补办身份证。"你现在还画画吗？"她问。海蒂在填写表格，她点点头。布兰德女士说想看看她都画了些什么。

几天后，她们吃过午饭，在一家咖啡馆见了面。海蒂拿出几张画稿，女老师不慌不忙地查看了每一张，然后小心地翻到下一张。"都是些小玩意儿。"海蒂说。布兰德女士说："很不错，线条明朗。你有没有想过报考艺术学院？"海蒂笑着摇摇头。"你可以考虑一下。"布兰德女士说，"维也纳，或者柏林，别去苏黎世。"

海蒂收集了一些信息，也没跟任何人说。收集信息罢了，她想，也不用花钱。维也纳的入学考试在九月，柏林是十月，现在才五月。海蒂在接下去的几个月里画得比之前更认真了，还去图书馆翻看艺术书籍，阅读自己喜爱的艺术家的传记。她不禁发现，成为艺术家，像女老师那样独立自信，是她一直梦寐以求的。当主管让她去办公室商议未来的安排时，她说，学徒期满后，她想报考艺术学院。主管满脸将信将疑的神情，"如果考不上呢？"他问，他说他可不能为她保留工作位置。海蒂还没有同父母谈过她的打算。办事处主管给她的父亲打了电话，他们是在体操俱乐部里认识的。父亲吃了一惊，可最让他受不了的，似乎却是海蒂没有自己把这件事告诉他。父女俩迅速而激烈地吵了一架，海蒂指责父亲粗俗，父亲说她疯了，之后，两人就再也不搭理对方了。

八月时，海蒂打电话给布兰德女士，告诉她自己想去维也纳报考。布兰德女士答应同她一起挑选投考作品，"那你明天晚上来我家吧，"她说，"带上你所有的画稿。"

第二天晚上，海蒂把画装进一只大纸箱，骑上自行车去布兰德女士家。美术老师住在城边一栋公寓楼里，海蒂还从没来过这片城区。公寓楼相当破旧，可老师的房间布置得很是精致，墙上挂满了照片和风景小油画，有些画的是城里那家搬运公司难看的库房、铁路公司的货运站和存货用的仓库。"我们去阳台吧。"布兰德女士说。"你想来一杯葡萄酒吗？"海蒂犹豫了一下，说好的。

海蒂站在阳台栏杆前。她低头沿着屋后那片宽阔的玉米地朝三姊妹望去，远处传来高速公路忽起忽落的噪声。布兰德女士走到阳台，站在海蒂的身边，用胳膊搂住她的肩膀，把她拉到自己身边，说："我好兴奋，感觉就像是自己去报考似的。"海蒂不由想起人们对布兰德女士的议论。但那肯定是无稽之谈，她的拥抱是友好的，没有任何别的意图，艺术家交往就是这般无拘无束，毫无顾虑，也不存偏见。

布兰德女士打开酒瓶，斟了两杯。"叫我蕾娜特吧。"她一边说，一边冲着海蒂举起酒杯，"现在，让我们来看看你都画了些什么。"

她们花了好几个小时选画。天黑了，看不清了，她们就回到客厅继续挑选。她们把剩下的画摊铺在镶木地板上。蕾娜特光着脚，海蒂也把鞋脱了，她在这个陌生的环境里突然觉得自己是赤身裸体的。她们在画稿之间来回走动，调整它们的顺序，除去这几张，添加那几张。屋子里很暖和。蕾娜特举起胳膊，若有所思地挠挠头，海蒂看见她无袖连衣裙上有染成深色的汗迹。她们从不同的方向慢慢靠拢，走到同一张画稿前，默默地并肩站着，然后一同弯下腰去，为了能够看得更仔细一些。这时，蕾娜特的身子失去了平衡，她笑着扶住了海蒂的肩膀，再次直起身子时，却没有把手抽回。海蒂闻到蕾娜特身上的香水没能盖住她身体的气味，它们融合成了一股夏日温暖的香气，让她联想到牛奶和青草的芳香。

终于只剩下最后二十张了，那是一些小肖像画、几张风景画，和她最近画的彩色铅笔画，上面尽是些形状怪异的犹如动物器官的东西。蕾娜特把那摞彩色铅笔画从纸箱里抽出来，问这是什么。海蒂变得有些不知所措，她不置可否地耸了耸肩膀。"这张看上去像女人的外阴，"蕾娜特说，"这张也是。"她笑了，看看海蒂的眼睛。海蒂垂下了眼帘，却不是因为羞涩。"你有男朋友吗？"蕾娜特问。

海蒂找到了自己的包厢。包厢里只亮了一盏微弱的指示灯，她听见有人呼吸的声音。她在下铺坐下，打开画夹，再次翻看画稿。"你好。"有个声音说道。海蒂赶紧关上画夹，抬起头。一个年轻的女子正低头望着她。"我们到哪儿了?"她问。"刚过边境。"海蒂说。"天呐。"那女子一边说,一边坐了起来,双腿裸露着悬空在床沿上,"我在卧铺里就是睡不着。"她爬下梯子,走进过道,不多久,又回来了,站在包厢门外,打开窗子,点燃了一支香烟。"你也想来一支吗?"她问。她说她坐夜班卧铺前总会事先喝一瓶啤酒,好让自己更容易睡着,可在苏黎世的酒吧时,她同一帮人喝多了,现在得不停地往厕所跑。"我叫苏萨,你叫什么?"海蒂说了自己的名字,对方笑了:"这是你的真名?"

卧铺乘务员走进过道,大声说,这里严禁吸烟。"混蛋。"苏萨悄声说道,把香烟甩出窗外,走进包厢。她说,她从基尔来,在欧洲搭便车旅行已经有两个多星期了,去了法国、巴塞罗那、意大利和苏黎世,现在想去奥地利和匈牙利,如果还有时间,再去捷克。"你有什么打算?"海蒂说她去维也纳美术学院投考。"你是艺术家?"苏萨问。海蒂摇摇头。"我只是去投考。"她说。"你的口音很可爱。"苏萨说,"那里面是你的画吗?能让我看看?"

海蒂有些犹豫,可对方把她当作艺术家,这多少让她有点自豪。她打开画夹。苏萨在她的身边坐下。"这是三姊妹,"海蒂说,"那山就叫这名儿。这是贡岑山,这是萨尔甘斯城堡,我母亲,这是一个同事。"苏萨说:"这是你。画得都很漂亮。""对,是我。"海蒂说,"这是我的一个朋友。""那是什么?""我凭想象胡乱画的。"

海蒂说。苏萨笑道:"它们看上去像屄屄。"海蒂停止翻动画稿,她觉得自己浑身上下的血一下子涌到了脑门。苏萨说:"让我看看,现在才带劲儿呢。"一边说,一边把剩下的画稿抽出画夹。"别。"海蒂说,可苏萨已经开始翻看了。"全是屄屄。"她很是失望。她说,她得想办法多睡一会儿,不能让自己明天看上去太难看了,说着便爬上梯子,躺下睡了。

海蒂把画稿收拾好,小心地放回画夹,又把画夹放到装有衣物的小背包旁,连衣服也不脱,就躺下了。她还在为自己羞愧。她画那些画的时候,压根就没去想会画成怎样,只是信手画来。那是她第一次觉得自己不是在再现或复制,而是在创造新的事物,那是一种异常轻松而美妙的感觉,线条一根接着一根,好像是自己长出来似的,她当时想,都是些器官,某些生物体的器官。即使现在,她也看不出那些似乎每个人都能看到的东西,她可能过于幼稚。她想象那些画如何摆在考官们的面前,那些专家看到它们会怎么想。她仿佛看见自己赤身裸体地站在一群老男人组成的评委面前,其中一个指着她的私处说,这看起来真像一只屄啊,其他人猥亵地笑了。

火车放慢了速度,然后再次加速。车厢里有些热。海蒂拿出背包里的水,喝了一小口。她想起蕾娜特和她的生活,一个小镇上的美术教员,在闲暇之余画些画,每两年在天晓得哪个展厅,一个咖啡馆或一座办公楼的楼厅里展一下。海蒂曾经去过蕾娜特的画展开幕式，甚至连她都察觉到了那种活动有多么可笑。一个为当地小报撰稿的记者颠三倒四地说了几句跟蕾娜特的艺术有关的话，蕾娜特涨红着脸给红葡萄酒开瓶，为那几个同海蒂一样是局外人的客人斟酒，听他们说自己的作品有多棒。奇怪的是，海蒂之前从来没有怀疑过蕾娜特，她从来没有认真地想过老师的画是不是真的不错，也从来没有怀疑过蕾娜特的判断。她不禁想起在图书馆翻阅过的那些大师作品，她的彩色铅笔画又是什么呢？儿童画？

火车驶进站台，冷色的霓虹灯光透过车窗遮光帘的缝隙射进车厢。海蒂看了看表，两点二十分了。她不假思索地站起身，一把抓起背包和画夹，冲进走道。卧铺乘务员正站在敞开的车厢门口跟一个铁路员工说话。"我要下车。"海蒂说。"我们才刚到因斯布鲁克。"乘务员说。"我要下车。"海蒂重复了一遍。乘务员不甚友好地嘟囔了一句，然后慢慢地走进乘务员车厢，像是故意似的慢慢翻找装着旅客证件的信封，然后掏出海蒂的护照和车票，递给她。外面响起了哨声。海蒂刚跳下车，列车便开动了，那个铁路员工也不见了，站台上空无一人。

海蒂在那儿站了许久。她又累，又迷茫，不知何去何从。她在火车时刻表上找到一辆反方向的列车再有几分钟就会开往瑞士，但她还不能回家。她拿起行李离开车站，走在几乎空无一人的街上，这座城市沉重的建筑和狭窄的街道显得阴森可怖。灯光，和人的说笑声零星地从酒馆传出，偶尔夹杂着音乐声。可海蒂不想待在人群里，她无法忍受人们好奇的目光，无法忍受喧哗声和夜不归者酒醉后的欢乐。她走到因河河边，在一条长椅上坐下。她冷得发抖，从包里取出毛衣穿上。

海蒂是在那天晚上认识雷纳的。他正跟几个朋友走在回家的路上，看到她坐在河边长椅上。她后来问他为何上来跟她搭讪，他说，因为担心她会干傻事，一个女人深更半夜的一个人在河边，难免让人这么想。海蒂说，不会的，这种念头，她想都不想。雷纳的朋友们保持一定距离等了一会儿，催促了几声之后，便走了。

雷纳在海蒂的身边坐下。她告诉他自己的经历，却没有提苏萨和蕾娜特说的关于那些画稿的话。他看上去对她的画一点不感兴趣。他把她带回了家，他们毕竟不能在外面待上一个晚上。他非常友善，可之后，还是突然一把抱住了她，抚摸她。她没有怎么挣扎，她已经累得没有气力，脑子空空如也。或许，她就想这样让痛苦和耻辱来惩罚自己的怯懦，来让它们为自己的失败加冕。海蒂不由想起蕾娜特，想到她的不同之处，她更加从容自信，却细心而善解人意。

雷纳站在窗前。海蒂诧异地看着他毛茸茸的后背，不禁对他和他对自己做的那些事恶心起来。他转过身，看着她，也没想要用什么东西遮挡一下身子，问她多大了。她说，十九岁。"你没胡说吧？"他比她大十岁。

海蒂在雷纳家待了三天。他在一家体育用品商店当售货员，每天早上九点出门，商店关门后才回来。她大部分时间都待在屋里，思绪茫然。有一次，她取出画具，却在白纸前呆坐了一个小时，一笔也画不出来。她坐在暮色中等着雷纳回来，忐忑不安，却无法离开。她感觉自己是他的囚徒，可他给了她一把房门钥匙。有几次，她在房门口站了好几分钟，却无力打开房门。雷纳回家后就再也不想出去了。他买了面包、奶酪、熏肉和酒，吃喝完毕后，雷纳开始为她解衣，她也不反抗。他长得健壮，比她高出一头。他由着性子把她翻过来，倒过去，还让她做一些令她难堪的动作，可她却从没觉得这都跟她有什么关系。他好像离得非常遥远，只钟情于自己和自己的欲望。这让人宽慰，他在利用她。她毫无感觉，连快感都没有。也许，更是她在利用他。她这样旁观自己时，不禁奇怪了起来。

海蒂记不得刚到家后的那段时间了。她悄悄地溜进自己的房间，谁都不搭理。她听见父亲站在床边大声说："你可以回办事处从头再来。"他走了，又回来，默默地站在那儿，低头望着她。母亲把吃的送进屋里，在床沿坐下，不知所措地说些什么，或者抚摸海蒂的头。有几次，她哭了，说："你不能老躺在那儿，得吃点东西，你倒是说句话呀。"到了晚上，海蒂站在窗前，一站就是几个小时。她望着月光下的山峰，那变成了石头，既吸引她，又让她害怕的三姊妹。医生被难住了，做了各种检查，海蒂都默默承受。她坐在医疗台上，只穿着内衣，医生在病历卡上写了些什么，然后在调得过低的转椅上把身子转向她，说："一切正常。"却做出一副好像什么都不正常的表情："不过，你怀孕了。"

她请医生不要告诉父母，可很快便瞒不下去了。先是母亲注意到了，然后告诉了父亲。父母的反应倒是平静得出奇，他们问海蒂谁是孩子的父亲，他是不是已经知道。奇怪的是，海蒂还从没想过要通知雷纳，好像孩子跟他一点关系也没有似的。海蒂在父母的敦促下，还是给雷纳打了电话。他周末的时候来了，海蒂去车站接他。他着实打扮了一番。她还发现他已经思考了一遍，把前因后果都解释通了。他们在火车站附近的餐厅喝了咖啡，雷纳小心翼翼地打探海蒂怎么看待这件事，她能不能想象跟自己一块儿生活。他们同海蒂父母共进午餐时，一切已成定局。

雷纳同海蒂的父母很合得来。他有一种能够立刻将自己置于他人之下的本事，这很讨海蒂父亲的喜欢。他替雷纳找到了一份工作，还帮小两口找到了一套两室一厅的小公寓。海蒂能从公寓的阳台上看到三姊妹和铁路轨道，如果天气允许，她还能听到火车和扬声器报站的声音。星期天，雷纳和海蒂去她父母家吃饭，大家弄得好像孩子都已经出生，归他们所有似的。海蒂话不多，她预感到这一切都会过去，等着她的将是另一样她还不甚明了的生活。婚礼上，海蒂的父亲发表了一番演说，取笑自己的女儿带着艺术家的梦想出门，却怀了一个孩子回来。雷纳神情尴尬，海蒂却像捧着奖杯似的，微笑着把孩子举到空中。

海蒂在过去几年里常去因斯布鲁克，却从没去成维也纳。雷纳不喜欢那座城市，更不消说那里的居民了。还有，他说他不想让海蒂又萌发愚蠢的念头，跑去美院报考。

一列火车驶进站台，海蒂很快站起身，她不想让别人看见自己闲坐在那儿，好像无所事事似的。她去了超市，然后回家，按响了邻居的门铃。西里尔还不想回家，他想继续跟莉娅玩。女邻居说："如果你们同意的话，他可以在这儿吃饭。""今天不了。"海蒂说。"西里尔，"她一边尖声呼道，一边把头绕过邻居探进门里，"西里尔！"

做晚饭时，她又在废物回收箱边看到了那群半大不小的孩子。她认识其中的一个女孩，她在面包店当学徒。那个女孩上班时穿一条直筒筒的围裙，可在街上，只能看见她穿着超短裙和露出肚脐的无袖吊带衫，戴着让她已经足够丰满的乳房显得更大的丰胸胸罩。"她还是个孩子。"雷纳这样说过，语气让海蒂起了疑心。

他常常这样评论别的女人，似乎除此之外，他对女人就没有别的评价了。海蒂在和他一起生活的这几年里失去了对他的尊重，她拒绝他的游戏，只要可能，就拒绝他的要求。他提议去接受治疗，还拿了一些情侣班广告小手册回家。"绝不，"海蒂说，"我绝不，也永远不会在别人面前谈这种事情。"因为恶心，她连碰都没有碰一下那些小册子。

不知道什么时候，在雷纳早上出门、西里尔送去幼儿园后，海蒂又开始画画了。她每天傍晚从厨房窗口观察面包房里的那个女售货员，看着她在男孩面前挺起胸脯，扭着屁股走来走去。海蒂想请她当模特儿，却不敢下去打招呼。于是，她开始凭记忆画她，想象她摆出各种姿势的样子，裸着身子，穿着衣服，背面，正面，蹲着，坐着，站着，扭过头去，一只手插在头发里。

海蒂脱光了衣服站在镜子前观察自己，根据自己的身体画那个女孩。那是一个属于跟父亲和母亲都长得很像，说不上哪里长得跟谁更像的孩子的身体。她把画藏在卧室衣柜的纸盒里，现在应该已经有几百来张了。

她有时问自己，如果她当初去了维也纳，交了画夹，又会怎样。也许，她根本不会获得考试资格，或者不会通过考试，或者通过考试，也完成了学业，现在成了某座小镇上的美术老师。西里尔不会来到这世上，这是肯定的。她已经无法想象生活中没有他，尽管有时她会希望他从未来到这个世上,自己是自由独立的,可以想干什么就干什么。

她极想向蕾娜特倾诉一切,想让她看自己的新作。但自从回家以后,她一直回避那位老师。她想到那个晚上,想到蕾娜特的气味、她赤裸着的脚、她的手、她古铜色的皮肤和自己白色的皮肤。她感到自己在她面前抬不起头来,私底下,也有点把发生的一切归罪于她的意思。她也从来没有回谢过蕾娜特在西里尔出生后寄来的贺卡和毛绒玩具,她觉得那是老师在取笑她。

海蒂开始做晚饭。收音机里正在报道新闻,西里尔在客厅听童话磁带,他把音量调得很大,童话故事和新闻报道混成了一组奇怪的蒙太奇。窗外,卡门在同龄人面前炫耀着。海蒂把自己想象成那个走来走去,自信地不为别人、只为自己展示身体的女孩。海蒂现在已经知道自己对男孩不感兴趣,她只是在跟他们游戏而已。她跟卡门攀谈过,请她喝了咖啡,同她一起逛街,买了衣服和一些她只有雷纳不在家时才会穿的内衣。她让卡门为自己化妆,做发型,然后用卡门的手机拍照,拍小电影,玩化装舞会,玩游戏,想起什么就玩什么,她把自己完全托付给了这个女孩,想象她会如何放肆地大笑着四处炫耀她们的小电影。海蒂期待着卡门能够抬头看她一眼,但她没有,她也在跟她游戏。

海蒂想象雷纳会如何在她不见后发现那些画。总有一天，在寻根问底时，他会去翻看她的东西，他会打开那只纸盒，看到那些画和照片。她还是个孩子，他会这么说，然后摇摇头，什么都不明白。

受 伤

露西娅的母亲四十岁时疯了,我觉得这才是最让露西娅害怕的。我问,她是为什么疯的,露西娅耸耸肩,说:"是生活。她嫁给了一个爱自己比自己爱他更深的男人,然后生下我,把我养大,有一天,就再也受不了了,割了自己的手腕。我发现她时,她已经失去知觉。我那时十三岁。"

露西娅比我小两岁。我第一次遇见她,是在一个夏天,来山里祖父母家。我那年春天高中毕业,准备秋天读大学。我原本计划同祖父一起远足,可祖父病了,恢复得很慢,我便有了很多空闲时间。下雨了,我就看书,为上大学做点准备。出太阳了,我便会整天在外面溜达,在冰冷的湖里游泳,每次很晚才回家。

我是在湖边遇见露西娅的。我们很快心生好感,在一起度过了许多时光。我们去山里徒步远足,在草地上一躺就是几个小时,遇到天气不好,我们就穿上雨衣继续往外跑。阿尔卑斯山的草地柔软得走在上头就像走在弹簧床上,天气晴朗时,没有一处的天空比这里更蓝。

露西娅常常让我给她讲故事。我没有经历过什么大事，但总能想起一些故事。我记不清都跟她说了些什么，只记得那时，我们笑得很多。露西娅告诉我她的梦想，她想去哪儿旅行，想为自己买什么东西，一辆车，衣服，一栋房子，她都想好了。她想在酒店酒吧工作，在很短的时间里挣很多钱，然后结婚，生两个孩子，在村口靠湖的地方买一栋房子，"然后，"她说，"我就待在家里，望着窗外，等孩子放学回家。"

有一次，露西娅病了，她一个人在家，母亲又住院了，父亲在楼下的商店里。他出售收音机和电视，是一个友善而内向的人。"没什么大病。"他说，便让我自己上楼去了。

露西娅穿着睡衣站在门口，我跟着她走进她的房间。这是我第一次来她家，有些不安，像是在做什么不该做的事。那天下午，露西娅告诉了我她母亲的病。"她只在夏天发病。这时，她就会整天待在屋里，一句话也不说，什么事儿也不干。父亲会每个小时上来看她一次，他担心她再干傻事。"露西娅说。"你能帮我泡杯茶吗？"

她其实没病成那样，可我还是去给她倒茶，我们像是在玩老公老婆的游戏。露西娅告诉了我什么东西放在什么地方，可我打开柜子时，还是觉得有人在窥视我。这时，露西娅走进厨房，望着我，我也看着她。她笑了。她咳嗽的声音听上去像是假的。

露西娅让我看她的照片。我们并排躺在床上，她在被子底下，我在被子上面，也不知道什么时候，她让我吻她，我吻了她。一个星期后，我们上床了，那次都是我们俩的第一次。

我们决定去远足，走过两个山口，在下一个山谷的青年旅店过夜。我们花了一整天，翻越了几座高坡，走过几片不很诱人的风景，傍晚时分才到达目的地。那是一个坐落在荒芜山谷深处的小村庄，青年旅店设在村边一栋砖砌的小楼里，门上有一块牌子，上面写着取钥匙的地点。

房子里空荡荡的，又冷。底层有一间厨房和一个小餐厅，桌子上放了一本老旧的留言簿，最后一条留言是几天前两个澳大利亚人写的，什么到了世界尽头之类的。睡觉的地方在阁楼，里面光线很暗，只有两扇小小的窗户和一只从天花板垂吊下来的昏暗的灯泡。我把背包扔到一张沿着墙放在地上的窄窄的床垫上，露西娅选了我旁边的位置。床垫的一头各放了一摞棕色的毛毯。我们下楼，在厨房里煮了咖啡，吃了自己带来的面包、奶酪、水果和巧克力。

太阳早早地下山了，天一下子冷了许多，可天空还是蓝的。镇上的小杂货店一应俱全，我们买了一瓶一升装的红葡萄酒，然后沿着山谷朝上散步。我们能听见土拨鼠的呼叫声，却看不见它们。过了一会儿，露西娅说她冷，我想把外套给她，可她不要。于是，我们转身回去了。

青年旅店在一条山涧旁,即使关着窗,也能清楚地听到流水潺潺的声音。屋里不比外面暖和多少。我打开酒瓶。我们穿着衣服躺进睡袋,就着酒瓶喝酒,聊天。"给我讲一个故事吧。"露西娅说。于是,我向她讲述我的人生计划、我看过的电影和读过的书。

露西娅钻出睡袋上洗手间,回来时,在我的床垫旁蹲坐了一会儿,然后把衣服脱得只剩下内衣,躺到了我的身边。

秋天到了,露西娅在一家酒店的酒吧里找到了工作,我也回家,去上大学。我高中时成绩一直不错,可还是很难习惯大学的生活,融入不进去,所以,晚上大都待在父母替我找的那间小阁楼里。

我给露西娅写信,却很少收到回信。她有时会写来明信片,除了过得不错,村里没什么事,天气好,天气不好之外,没其他内容。有时,她会在卡片的空白处画满东西,一朵花,一间茅舍,一颗滴血的心。这些画让我想起文身图案。

第二年夏天,祖父去世了,我陪父亲回村里参加葬礼。我想见露西娅,可她不在家,我留了言,她也不回电。下山回家时,我们把祖母接走了。

我之后给露西娅打过几次电话,大多是她父亲接的,说她出去了。有一次,是她本人接的电话。我问能不能去看她,她不置可否，当我一再追问时，她说我是自由人，她不能禁止我来村里。之后，我就再也没有给她写信，但也没有忘了她，我曾经在那一年的夏天答应过她，我会回来。大学毕业以后，我在村里的小学申请到了工作，校长毫不掩饰地宣称，我是因为祖父母的关系才得到这份工作的。

露西娅四年前说过："你不会回来的。"现在她说："我根本没想到你还会回来。"我是那个星期早些时候坐火车到的，父亲答应周末开车把我的东西运到山里，我的一些书、一台小电视机和立体音响，可星期五时，下雪了，过山的隘口暂时关闭，父亲打来电话，问能不能推迟一个星期。我被围困在祖父母的小楼里，睡在祖父、可能也是曾祖父去世时躺的床上。我仰面躺在厚重的鸭绒被下，让两条胳膊像死人那样搁在胸前，想象自己再也无法动弹，只能这样等死。

我对露西娅说："等东西运到后，我请你来家里吃饭。"我去了她工作的酒吧，她告诉我她还跟父母一起住，工作特别忙。她说，夏天的时候，她把车开报废了，想攒钱在春天时买一辆新的。我说，祖父母的车库里还有一辆老沃尔沃车，如果她愿意，可以先用起来。"就那辆老爷车？"她挖苦地笑了。

学校的工作不轻松。我在大学里上过几堂有关教学法的课，可这里的孩子野性十足，又调皮，让我的工作很难做。同事也不怎么帮忙，他们大多是本地人，课间休息时更愿意谈论即将进行的狩猎活动和村里的琐事，或者其他无关痛痒的事情。有一次，我打电话给一个顽劣成性的女孩的父亲，那是一个酒店的老板，他在电话上对我的态度就像对待一个黄毛小子似的。没过几天，校长下课后来到我的教室，说如果有什么事情搞不定，最好先跟他联系，而不要把自己的无能推卸到家长的身上。我说："阿斯特丽德看电视看到深夜，所以在上课的时候睡觉。"

校长看了一眼贴在窗玻璃上的剪纸，那是我和学生们一起做的。"雪花，"他说，"好像山里的雪花还不够多似的。"他慢慢地一言不发地把剪纸一张一张地从窗玻璃上撕下，撕完后，把它们放到我的讲台上，说："您应该注意自己上课的进度，而不是去剪窗花。"

他走了。我听见外面孩子的喊叫声，我走到窗前。他们在打架，然后，好像突然接到命令似的一起跑出操场，沿着大街一哄而散。这不由让我想起曾经在村外垃圾场见到过的一群群羽毛凌乱的鸟儿。

白天变短了，而且越来越短，今年有很长时间没有下雪，雨水却很多。天冷了，乌云低得常常连山顶也看不见。露西娅说："今年天气比往年糟糕，如果下雪的话，天倒会亮许多。"她说，她有时害怕会像母亲那样疯了。如果下午没课，我们就去村外的山上散步。那是今年秋天不多的几个晴朗日子里的一天，可太阳却很快下了山，只剩下高高的山峰还映照在阳光里。

露西娅说："如果雪能够落下来，那大家至少还能去滑滑雪。"我请她吃饭，她说没时间。"那周六。"我说。好吧，她说。她说，空气里有雪花的味道，老人们说今年冬天会很冷，"可他们每年都这么说"。我想吻她的嘴，她却把头扭开，把脸颊送了上来。"给我讲个故事吧，"她说，"就凭你离开了那么久，也应该知道不少故事。""我没离开，"我说，"我回家了。"

第二天，我们又去散步，走的是同样的路线，在昨天坐过的长凳上坐下。从那儿可以看到整个村子和湖边酒店难看的盒子似的房子。天空阴沉沉的，我们坐下没多久，便下起了雪，小片的雪花被风吹打到我们脸上，积聚在我们衣服的褶皱里，一旦落地，就即刻融化了。露西娅站起身，我让她等一下，可她摇摇头，独自沿着陡峭的山坡往下走，像孩子似的从一块石头跳到另一块。我望着她，直到她走进山脚的村子。我又坐了一会儿，便沿着公路回到村里，刚好准时到达教学楼。校长站在大楼门口，一言不发地看着我从身边走过，走进教室。

露西娅星期六来我家。我上午买了菜，整个下午都在准备饭菜。露西娅安静地吃着,我问她好吃吗?她说,好吃,然后继续咀嚼。吃完后,我们坐在沙发上喝咖啡。她站起身,走到了电视机前,把它打开。我问,非得看电视吗?她说:"不一定,你也可以跟我讲些什么。"她让电视机开着,把音量调低了一些。"我一直在等你。"我说。"我可没迟到。""我的意思是,从那时起,自从我们……上床后。"露西娅皱起了眉头:"你的意思是,你之后就再没碰过别的女人?"我说:"没有。"突然觉得自己相当可笑。露西娅粗鲁地笑了,说我疯了,这也太不可思议了。我说,我经常想她。露西娅站起身,说她得走了。我关上电视机,放了一张CD,问她是不是跟很多男人上过床。她说,这不关我的事,然后迟疑了一下,说,那当然,这里什么热闹事都没有。她说,她准备了避孕套,可现在不想干了,说着从口袋里掏出避孕套朝我扔来,"送给你。"然后穿上鞋子和外套,走了。

又过了一个星期,我们去看电影。入冬后,社区中心每个星期会放映一部电影,我们结伴去看。但露西娅再也不来我家了,她让我送她回家,有时,我们会站在门外聊上一会儿,如果觉得冷,她便会握握我的手,进屋不见了。

十二月初,雪终于落到了村里。这次,雪没有化去,而是一连下了一个星期,才停了。现在,空气很冷,天空晴朗无比,到了晚上，无数的星星显得比在平原上离地面近了许多。有一次，那是在圣诞节前，我们去社区中心看了一场美国喜剧片，露西娅告诉我可以跟她一起进屋，然后，在过道里吻了我。

"你有没有继续练习？"她笑着问，见我摇头，便说："那你还知道怎么做吗？"

她让我待在过道里，自己走进客厅，我听见她和人说话的声音，然后就又走了出来。她打开自己房间的门，我刚好还能看见她的父亲把头探出客厅观望我们。

露西娅骑在我身上时，鼻子开始流血了。她仰起身子，用一只手捂住鼻子，可还是有几滴血滴到了我的脸上，她笑了。血是冷的，这有些出乎我的意料。后来，我听见她父亲在过道走动，我想留下过夜，露西娅却把我打发走了，她说不想让人看见我。我到家时，已经很晚了。

第二天下午，我没有事先打电话就去了她家。她的父亲像平时一样友好，说上去吧。整个下午，我都在批改语文作业，现在又累，又困。露西娅说她这就得出门，六点上班，如果我愿意，可以陪她一起去，她会请我喝一杯。

酒吧里坐着几个村里的男人，露西娅想开班前同他们待一会儿。我不是很乐意，可她却已经把两把椅子挪到了桌边。她知道在座的每一个人的小名。她坐在一个我之前从没见过的名叫埃利奥的男人身边，埃利奥夏天是登山向导，冬天是滑雪教练。他正在滔滔不绝地向众人讲述他组织过的攀岩游、将在一月举行的滑雪比赛和那些想跟他上床的女客户。"有一个，她每年都来，"他说，"一个住在慕尼黑的德国女人。她每次预订私人辅导，至于滑雪嘛，我们很少去。"那个女人的丈夫是某家银行的大人物，至多偶尔来山里过个周末，孩子都被她送去滑雪学校了。然后，他开始跟我们算那些私人辅导课能让他挣到多少钱，他说他干这个只是为了钱。

我想走，可露西娅不让我走。她挽住埃利奥的胳膊，让他继续说。他于是开始讲述当登山导游的故事，和自己如何攀登险峰又如何救人于难的英雄事迹。露西娅不再理我了，她喜形于色地看着埃利奥。在一个故事讲到一半时，我起身走了。回到家后，我无所事事，打开电视机，电视里正在播放访谈节目，一个男人在叙述自己同时跟两个女人一起生活的经验，观众席里一片唏嘘声。那两个女子也在演播现场，一再表白两人相处非常融洽。我反感地关上电视机。

我开始吸尘，楼上楼下地打扫整栋房子，然后洗碗，退空瓶。之后，我感觉略微好了一些。在回学校的路上，我又去酒吧看了一眼。露西娅已经开班了，酒吧里挤满了大声交谈的游客，埃利奥坐在吧台的尽头。露西娅看见了我。她走到埃利奥跟前，拿过他的香烟，吸了一口，然后从吧台探过身去吻他的嘴。她恶意地笑着，看着我。

第二天，我在街上遇见了露西娅。我给她买了一件圣诞礼物。她从我手中接过礼物，看也不看一眼，耸耸肩，走了。

圣诞和新年的那几天，学校放假，父母亲带着祖母来了山里，他们住在我这儿。父亲和母亲每天出去滑雪，祖母则坐在客厅里打毛衣，或者打盹儿。她因为我把墙上的一些画取了下来，又因为餐桌的石板桌面上多了一道划痕而喋喋不休。圣诞过后，他们终于走了，我不禁松了一口气。

假期还剩下几天。我每天早上尽可能赖在床上不起来，起床后也很少出门。到了下午，黄昏将近的时候，我打开电视机，看到的还是上次那套访谈节目，只是话题变了。看了一会儿之后，我关上电视机，把它挪到车库。我站在那儿盯着那台机器看了一会儿，然后把它搬到门外，摆在路边，在屏幕上贴了一张纸条：送人。我在窗前看着，等着。有时会有人停下，看看纸条，再看看房子，却没人拿走那台电视机。

除夕夜，我给露西娅打了电话。我们只聊了几句，她说她没时间。等我过后再拨去时，就只有电话留言机了。我留了言。我告诉露西娅，我爱她，我很孤单，很想跟她度过这个晚上。我等着，等到九点，放弃了。我走出家门。

酒吧里挤满了人，甚至在大街上就已经能够听到音乐和人们交谈的声音。露西娅和一个女同事站在吧台的后面，埃利奥依旧坐在吧台的尽头。我在他的身边坐下，要了一杯啤酒。露西娅对我不理不睬，有时，她会走过来，把身子探过柜台，大声地在埃利奥的耳边说些什么，吻他，或者向他要一支香烟。她急促地吸着，一边吸，一边用眼睛在屋子里扫来扫去。烟缭绕在她的手指之间，像是在抚摸它们。第一杯啤酒还没下肚，我就觉得自己快醉了。

我看着露西娅工作。她一边同客人说笑，一边轻快地来回走动。她穿着露腹的T恤，我发现她在肚脐上穿了一个环。她比我记忆中的要瘦了一些，这让她显得更加诱人，我浑身疼痛难忍。我想抚摸她，亲吻她，可同时，我瞧见自己坐在角落里，一个为情所困的可怜虫。

有一次，露西娅想休息一下，她从吧台后面走出来，走到我和埃利奥的中间。埃利奥站起身，用一只胳膊搂着她的肩，微微弯下膝盖，臀部扭起圈来，然后，他放开露西娅，磕磕绊绊地上厕所去了，还差一点摔倒。露西娅笑了，听上去却像在尖叫。她缓缓地移向音乐，双手一边轻轻抚过臀部，一边冲着我微笑。她说了些什么，我摇摇头，表示听不清。她走近我，把嘴唇紧贴着我的耳朵大声地说："气氛很不错，是吧？"随即又消失在吧台的后面。我站起身，离开了酒吧。

我回到家,电视机还在路边,被雪盖住了。屋里很冷,我出门时忘了给火炉添木头。我去车库取木柴,经过厨房时,目光落在了桌上的一叠作文本上。《我圣诞节最大的心愿》,我翻看起来。滑雪板、游戏机、电动雪橇,这就是我的学生的愿望。可是,我又期待他们写些什么呢?世界和平?公平正义?爱?

我听到外面敲响了午夜的钟声,随后是汽车喇叭和烟花爆竹的声音。我把作文本塞进灶子,点着,然后透过火炉的小窗口看着它们在火中卷曲,先是缓慢地,然后更加迅速地燃烧起来。我在火焰灭了之前,从地上拿起一本教育学的书,撕下几页,送进火炉,一直撕到书只剩下了封面,然后去取第二本。因为看火的时间太久,我的眼前直冒金星,脸也因为热气的辐射而变得滚烫。

我一本一本地烧书,一摞一摞地撕下书页,扔进火里。我很吃惊撕书居然要费那么大的气力,连手都撕疼了。之后,也不知几点,我上床睡了。

第二天,我继续烧书。我现在变得更加有条不紊,先把书全部堆在火炉旁,然后一本接一本地烧。我花了整整一个上午。然后,我从抽屉里拿出笔记本、日记,还有那些被我留下,却从未读过的报纸文章。我把它们都烧了。屋子里满是从火炉炉口冒出来的烟雾。

晚上，我去了酒吧。人比前一天少了，埃利奥依旧坐在角落里。当我坐到他的身边时，他疑惑地看了我一眼。露西娅走来，记下我点的东西，问我新的一年有什么新的志向，我说，我烧掉了所有的书。"你疯了。"她说。我说："我给你讲个故事吧。"于是开始更像是讲给自己、而不是讲给她听那样地讲述我是如何第一次来到村里，如何认识了露西娅，讲述我们是怎样远足去隔壁的山谷和我们的初夜。

埃利奥慢慢地喝着啤酒，眼睛瞅着吧台，貌似不在听的样子。露西娅听着，她逐渐地被一种奇怪的不安的情绪控制住了，不敢直视我的眼睛。等我说完后，她把身子探过吧台，在埃利奥耳边悄声说了些什么，然后长时间地亲吻他的嘴，一边吻，一边带着一种愤怒而胆怯的神情看着我。至少现在，我觉得她不再无动于衷了。我站起身，走了。回到家后，我给她写了一封长信，写完后，把信扔进火炉烧了。

第二天，我一整天没出门，把能够找到的、能够烧掉的东西都烧了。纸箱、祖父母的相册、堆在杂物间的老式的木制滑雪板和破旧的小板凳，如果东西太大，我就用锯子把它们锯小，用斧头把它们砍碎。那些老旧的工具很久没人用，锯条上长满了锈斑，斧头是钝的。

第三天，我开始烧家具。祖父母辈的东西都很结实，我没有料到得花那么大的力气才能把它们毁掉，我想，杀一个人都可能比这更容易，只要在要害部位按那么一小下，迅速地扭一下颈部，或者把刀插入肋骨，这些都是我在电影里看到的招数。我想过要把埃利奥杀了，不是露西娅——可这又能改变什么呢？假期过后，商店恢复营业，我去买了一把新斧头。

毁坏是有气味的。我在碎纸、马粪纸和破布上洒上汽油，好让它们燃烧起来。先是木头在爆裂时散发出来的气味，像树木刚被砍下时那样，好似这种味道一直就储藏在木头里面。然后是燃烧的气味：被我大捆大捆送进火炉慢慢燃尽的纸的酸味，汽油燃烧时呛人的气味，木头表面的油漆在木头着火前先起泡，然后变黑时发出的刺鼻的气味。

我把不能烧的东西统统装进垃圾袋，扔进沃尔沃车。行李箱放满了，就放在后座，最后放在副驾驶座上。

学校开学了，我平静了许多。上课时，我想着晚上将要继续进行的破坏活动，这个念头能够让我平静下来。我在过道里遇见校长，他友好地向我点头，祝我新年一切顺利。

周末的时候，我把车开出村子，开上一条小路。路口竖着一块禁止通行的牌子，下面补充道：农耕及护林车辆例外。雪地里几乎没有一丝痕迹，我左颠右颠地把车开上山，开了几公里，路突然断了。我下了车，沿着原路往回走，到家时，浑身上下都冻僵了。

村里的警察一个星期后打来电话，说找到我的车了。他起了疑心，提了不少问题，我编了个故事，可他看上去不太相信。

星期天，我去了教堂，那是我进山后头一次上教堂。我坐在最后一排。牧师请信众上前接受祝福时，我没有起身。我看见露西娅和十几个人跪在圣坛前，牧师把手逐个放在他们头上，为他们祝福。礼拜结束后，我试图同露西娅搭话，很久以来，我第一次没看见埃利奥陪着她。我说："我爱你。"她说："你疯了，别做梦了。"她继续往前走。我跟着她，又说了一遍我爱她，可她再也不搭理我了，连看都不看我一眼。我跟着她走到她家，跟在她身后上了通向后门的楼梯，她开门进去，在我的眼皮底下把门关上了。

一月底，我把床也拆了，在车库里把它先是锯，然后砍成小块，扔进炉子里烧了。那是楼里最后一件家具，现在只剩下床垫了。

之后的一天，我又去了一次村子高处曾经同露西娅一起去过的那个地方。我扫去长凳上的积雪，坐下。太阳已经下山了。不久，我便看见露西娅沿着公路往上走，她走得很急，眼睛看着地。有一次，她抬头朝长凳的方向望来，我挥了挥手，却无法确认她是否看见了我。她又朝前走了一会儿，然后转身回村了。

第二天，我正要让学生听写一篇文章，这时，露西娅从窗外经过。我告诉学生我马上回来，就冲出教室。当我到了街上时，露西娅已经不见了。我犹豫了片刻，然后回家收拾了几件东西，叫了一辆出租车。我认识开出租车的司机，他的一个孩子在我班上。我请他送我去车站，他没多问什么，好像也不怎么吃惊。

下一班列车半个小时以后才来，我突然担心会有人不让我走。出租车司机把车停好，下了车，一边抽烟，一边打电话，他笑得很大声，我在站台上都能听到。他不时地抬头看看我，尽管隔了一段距离，我还是觉得能在他的脸上看到获胜的表情。

列车准备就绪。几个滑雪的人跟我一起上了车，坐了一站便下车了，剩下我独自一人在车厢里。我打开车窗，探出身，冷空气吹了进来。天空布满了阴云，擦肩而过的山峰显得咄咄逼人。当列车拐过一个长长的弯进入隧道后，我方才平静下来。

诊断书

布鲁诺背上的药膏绷得紧紧的，不舒服。伤口不疼了，可一想到它，布鲁诺的身体便又虚弱起来，汗也比平常流得多了。天热了好几个星期，已是八月下旬，可有人说，这酷热还将持续到九月。

布鲁诺在酒店前台工作已有三十年。上个星期，他上早班，三点就能回家，奥丽维亚想让他陪着逛街。逛商店时，她提了一些他不知如何应答的问题。

晚饭前，布鲁诺洗了澡，他刚从浴室出来，奥丽维亚就已经在那儿说要给他换药膏。想到她特地从厨房跑到浴室门外等着他，他不禁有些不耐烦起来。"膏药肯定湿了。"她一边说，一边跟着他走进卧室。"没有，"他说，"没事儿。"

奥丽维亚解开他的衬衫钮扣，他太虚弱了，无力反抗，便跌坐在床上。她坐到他的身边，把衬衫拉到肩膀以上，让他转过身去。

"我撕啦。"话音未落，她就已经撕下了药膏。"不疼。"布鲁诺说。她说："看上去不错。""只缝了两针。"他说。她说他的伤口一直愈合得很快，他说伤口有绷紧的感觉。奥丽维亚似乎在很用心地贴膏药，然后说："好了。"又用手捋过他的头发："现在是奖赏你吃饭的时候了。"

七点了。他们总是七点用餐。"明天会凉快一些。"奥丽维亚一边说，一边盛满布鲁诺的盘子。他不饿，却早已放弃了想要告诉她的努力。

晚饭后，他走进花园待了很久，比平时时间还长。他进屋时，天已经黑了，起云了，奥丽维亚在客厅看晚间新闻。布鲁诺走进卧室，脱了衣服躺下。"雨下下来了吗？"奥丽维亚上床时问。布鲁诺没有做声。

他很高兴明天开始上夜班，下午三点到酒店，早晨想睡多久都可以。奥丽维亚午饭时叫醒了他，他一喝完饭后咖啡，便出了家门。他们住得离酒店不远。布鲁诺喜欢下班后骑自行车回家，夜晚市中心的街头咖啡馆到处是大声喧哗的年轻人，他到家时，奥丽维亚通常已经睡了，他只需要去卧室很快地同她道声晚安，匆匆地吻一下她，她会说，别太晚睡了。

冷空气的前锋晚上到达了城里，气温下降了十多度。雨下过之后，天阴沉着，秋意很快就要浓起来了。奥丽维亚午饭时问他什么时候能拿到诊断书，自从布鲁诺一个星期前去医生那儿切除胎痣后，她每天都要问一次。"明天。"他说。"肯定不会有事的。"奥丽维亚说。布鲁诺说："当然不会，例行检查而已。""确诊一下也好，"奥丽维亚说，"否则大家都提心吊胆的。""是啊，瞎担心，我这不就让他们检查了嘛。"布鲁诺答道。"就是。"奥丽维亚说，"是他们打电话通知你，还是你打电话询问他们？"

布鲁诺把酒店的电话给了女助理医师，她答应星期三下午给他电话，那位主治医师甚至都不觉得有必要安慰他一下。恶性黑色素瘤的可能性确实很小，布鲁诺并不怎么担心，恰恰相反，也许是因为天气终于凉了下来，他那天心情大好，在跟同事换班时寻了个开心，还亲自摆弄了大厅里的鲜花，基督教商会晚上在那儿有一个联欢活动。然后，他走到露台，惬意地欣赏四周的景色。从露台望出去，能看到一小片湖水和远处的山林，同之前炎热的那几个星期相比，它们现在看上去更近了。塞尔吉奥打来电话，说自己病了，甚至这时，他也一点儿不气恼。这种情况下，通常会有一个大学生来顶班，可他也不在家，他的母亲说他很快就会回来。于是，布鲁诺打电话回家，说他今天要晚一些才能下班，具体几点，他也还不知道。"偏偏是今天。"奥丽维亚说。布鲁诺没有吭声。

基督教商会的客人一个个地回家了。玛塞拉把最后一位客人送出大厅后来到前台，她想同布鲁诺聊上几句。"基督教徒给的小费总是很少，"她说，"但愿他们至少在祷告的时候会想着我们。"她问布鲁诺怎么还不回家。"塞尔吉奥病了。"他说。玛塞拉问："那个大学生呢？塞尔吉奥得了什么病？"布鲁诺无奈地摇了摇头。

"我们认识都三十年了。"他说，"我刚来这儿工作不久，他也来了。你那时还没出生呢。"

玛塞拉笑了，说自己都已经三十五岁了。

"你看上去更年轻。"布鲁诺说，"上班的时候，谁帮你照顾孩子？"

"他们自己照顾自己。小女儿今年十岁了，她姐姐十三，大儿子十五。"

布鲁诺说他有三个孩子，很久以前就都搬出去住了。

玛塞拉说得去收拾一下大厅，"回见。"她说。

两个中年模样的女人离开了酒店。那些在这儿下榻的漂亮女人常常让布鲁诺感到困惑。她们两人或三人结伴旅行，也不带丈夫，同住一间客房，整天待在外面，直到晚上才拎着半打名贵商店的购物袋回酒店。他在巡查酒店时，偶尔会在游泳池遇见她们半裸着躺在躺椅上，这时，布鲁诺便会停下脚步，带着疑惑的表情，保持一定距离观察她们。晚餐后，那两个女人再次离开酒店，也不见她们回来。塞尔吉奥告诉他，那些女人有时会带男人回来，想悄悄地在他的眼皮底下把他们带进去，好像他对她们跟谁过夜感兴趣似的。看到那些男人一个小时后嘴里叼着香烟，面无表情，轻手轻脚地走过门卫传达室，他就知道是怎么一回事了。

布鲁诺想到穿黑裙子的玛塞拉，想象她回到家，孩子们已经睡了，丈夫在客厅看电视，她走进浴室，脱下裙子和衬裙，洗完澡，穿着内衣走进卧室，套上睡袍。

布鲁诺想起孩子还住在家里的那段日子，那些年有规律的生活，他们共同享用的早餐和晚饭。有时，他非常希望大家吃饭时不要言辞过多，即便说话，也都是讲一些无关紧要的事情。这里的美在于重复，在于知道明天大家还会坐在一块儿，后天、下个星期、明年都会如此。那时候似乎有的是时间，自从孩子们搬出去住后，他才意识到那些年，他们彼此之间就跟陌生人似的。看灾难片时，布鲁诺如果看到地震、山洪或火山爆发将要威胁到一座城市时，让他揪心的不是灾难带来的毁灭，也不是死去的人们，而是在一片混乱中绝望地寻找失散的家人的男主人公，如果奥丽维亚在这个时候说一句"什么乱七八糟的"，他都能哭出来。

布鲁诺十点时打电话回家，说还是不知道什么时候才能下班。奥丽维亚听上去很担心，却什么也没说。他答应稍后再给她电话。

他想到明天就要拿到诊断书。他不知道应该怎样告诉她真相，医生必定是不会哄他的，百分之七十的患者在五年内会死去，之前是一场持久的马拉松。他曾经在一个葡萄牙服务生身上亲眼目睹过那种无穷无尽的检查和治疗，治疗效果不错和几乎认不出那人来的阶段，失眠的夜晚，难以忍受的疼痛，接连几天不断的呕吐，最后，还死得非常难看。

他站在酒店门前。客人不多，有些窗子亮着灯，一个年轻人在窗前吸完烟，扔掉烟头，进屋不见了。布鲁诺感到害怕，对于可能已经在体内扩散的疾病，他感到惊恐。他害怕一点一点地失去生命。他的愿望从来不多，只希望能够让一切保持原样。或许，命运就是因此而挑战了他。

玛塞拉从楼里走出来，跟他打了声招呼，然后去给自行车开锁。晚安，他说，玛塞拉挥了挥手，骑上自行车走了。

布鲁诺端详着挂在酒店前台旁的那幅古典油画。他每天要在画前经过好几次，却几乎忘了它的存在。那是一幅告别的场景，暴风雨即将到来，金色的阳光中，男主人公身着链甲，肩披斗篷，头发结成辫子，上唇垂下两片胡须，这让他有了一些东方人的感觉。他可能将久战不归，也可能将投入十字军东征，或许，他再也回不到海边的城堡，回不到那位长衫女子的身边了。布鲁诺刚来酒店工作那会儿，还时常站在画前欣赏：男子吻别妻子，满怀喜悦和期待走进暴风雨，他终将走出暴风雨。现在，他只看见痛苦和无法逃避的离别之苦。

十一点过后，大学生打来电话，布鲁诺告诉他不必来了。那学生没做错什么，可他还是有些生气。布鲁诺等了一会儿，看了看表，走到办公桌前，坐下，然后又站起身来，从柜子里取出一瓶意大利格拉帕酒。那是一位老主顾送给他的圣诞礼物,他还没打开过。客人说这牌子不错,可布鲁诺不怎么喜欢格拉帕酒。他给自己倒了一大杯,迅速喝完,打了一个颤,又把酒杯斟满。他拿起电话,又放下。他该跟奥丽维亚说什么呢?跟她说实话?可什么才是实话?他不想回家?他不想同她度过这最后一个晚上?不愿忍受她虚假的关心和无用的唠叨,受不了她再给自己换膏药,像对待孩子似的用手捋过他的头发?他不是孩子,他是一个老男人,或许还是一个将死之人。他今天晚上想一个人待着,没有谎言,也不需要安慰。

他给奥丽维亚打了电话,告诉她自己不回家了,大学生没空,前台得有人值班。

"我也没办法。"他说。奥丽维亚问他吃饭了没有,说他该去睡了。"晚安。"布鲁诺答道,然后挂了电话。

午夜将近,那两个女人回来了,没别人,就她们俩,可兴致却很高,她们大声说笑着上楼去了。布鲁诺在她们身后锁上大门,如果再有人回来,就得按铃了,布鲁诺可以去睡了。但他却穿过空无一人的走廊,从侧门走进花园。游泳池在黑暗中闪闪地发着黑光,布鲁诺打开水底的灯,池子里亮起了一片明亮的蓝色,他喜欢这种颜色,喜欢它的冷和纯,还有游泳池淡淡的漂白粉味。酒店真正的奢华对他而言,不在于打点过的大厅,也不在于美食套餐,或周末偶尔在这里演奏的沙龙音乐师,而是游泳池。游泳池不同于他常去游泳的湖,它不存在于任何风景和日常生活之中,它代表着一种他永远无法过上的生活。可他无所谓,只要有人能够过上这样的日子,他能够在旁边为他们服务,这就够了。尽管自己能够支付得起,他也从没想过要去一家豪华酒店度假。

布鲁诺站在游泳池边,然后也不知道为什么,他开始脱衣服。他慢慢地、小心翼翼地沿着铺了瓷砖的台阶往池子里走,弯着身,像是想让自己落进水里似的。水有些凉,但不冷。他站在那儿,看着自己赤裸的身体在蓝色的光中泛出一种黄而苍白的颜色。他将整个身子潜入水中,游到池子的另一头,又游了回来,他来回地游,身子先是暖和起来,接着又变冷了。他走出池子,用手掌抹去身上的水珠,穿上衣服。他异常兴奋,几乎有些亢奋,他想笑,又想哭。

布鲁诺睡在二楼走廊的沙发上,沙发摆在一个凹入墙内的小龛室。他睡得很不踏实,做了几个狂躁的梦,醒后却都忘了,天已经亮了,可他觉得自己没合过眼,他头疼,格拉帕酒还让他有点头晕。他把半空的酒瓶放回柜子,去洗手间洗脸、漱口。冷水让他清醒了一些。他来到楼下餐厅,餐厅还没有开始服务,他得耐心地等待咖啡机启动就绪,这时,他才想起自己从昨天中午到现在还没吃什么东西。他在一只抽屉里找到了切片面包,冰箱里有一些小块黄油和奶酪。

六点半时,同事来上班。布鲁诺告诉她,塞尔吉奥病了,她说他倒是可以通知她的。他摇摇头,表示不必,然后打电话给奥丽维亚。铃响了好几下,她才拿起话筒,他听到背景有无线电广播的声音。他想到她今天独自一人吃了早饭,想到每次他上夜班,为了让他能睡个够,她总是一个人吃早饭。他想,她今后得经常习惯独自一人吃早饭了。他对她忽然心生怜悯,却又马上为此羞愧。

"你睡得好吗?"他问。

"不太好。"奥丽维亚说。她说,屋里有些凉。

"为什么不开暖气?"他说,"我这就回家。"

"你拿到诊断书了吗?"她问。

"今天下午。"布鲁诺说,"不会有事的,肯定不会。"

我们飞

六点那会儿,安格莉卡还不怎么担心。她把玩具车重又取出来,可多米尼克不想玩了,他安静地坐在她的腿上,头靠在她的胸前。上两次门铃响时,他立刻冲到门口,随即又垂头丧气地回来了,门外站的是别人的爸爸或妈妈。家长大都认识多米尼克,他们每天早晨送孩子来托儿所时,他通常已经到了,晚上接孩子时,他还在那儿。他们问他好,谢谢他开门,顺带问一句玩得开心吗,可当他们一看见自己的孩子,就立刻喜形于色,把多米尼克丢在了一边。

"我们要不要看图画书?"多米尼克摇摇头。安格莉卡站起身,想把他放到地上,他却紧紧地抱住她的腿。她说,她去给他家里打电话,"放手啊。"他还是抱着她的腿不放。她生气了,不是生孩子的气,而是生他父母的气。她有些惭愧把气撒在了孩子的身上,她累了,想回家,本诺七点半来见她,她想在这之前冲个澡,休息一下。她看了看表,已经六点二十分了。

她挣脱，不，是甩掉了多米尼克，他现在躺在角落里大喊大叫。她给他父母打电话，把在通讯录里能够找到的号码统统拨了一遍，家里的，办公室的，手机，都没人接。她在两人的手机上分别留了言，毫不掩饰自己的恼怒之情。这时，她才平静了一些，走到多米尼克身边，弯下腰，用手碰碰他的肩膀："肯定马上就有人来接你了。"

多米尼克问来接他的会是妈妈还是爸爸，安格莉卡说她不知道，但他们中的一个肯定很快就会来的。多米尼克问，现在是不是很快。不是，安格莉卡说。那什么时候是很快？是现在吗？不是，很快就是很快。是现在吗？还不是现在，如果很快到了，她会告诉他的。她把他从地上抱起，抱到沙发上，他紧紧地搂着她，"现在是很快吗？"她没有回答。她开始干活，收起最后几件玩具，打开窗子，让新鲜空气进来。七点时，她打电话给本诺，告诉他得推迟约会，他们约了八点半。多米尼克呆呆地坐在红色的沙发上看着她。

通常，送男孩来托儿所的是母亲，父亲来接孩子。他总是在托儿所关门之前的最后一刻才赶到，有时还会迟到一些，可现在，他已经晚了一个多小时。安格莉卡的怒气平息了一些，她开始担心起来。她有一种被胁迫、但不知道被什么胁迫的不祥之感。她对自己说，再过五分钟，我就走。五分钟过后，她又对自己说，再等五分钟。她给所长家里打电话，也没人接。她犹豫着要不要致电警察局，打听有没有出什么车祸，可最终还是没打。她给多米尼克的父母写了纸条，告诉他们她把孩子带回家了，还附上了自己的手机号码。她关了窗，帮多米尼克穿上夹克，戴上绒线帽，穿上鞋，然后拉起他的小手。她把门锁了以后，才想起那张纸条，于是又回去取了，贴在门上。

她经常带孩子进城，去动物园，去湖边，或者去托儿所附近的儿童露天游乐场，可这次不一样，她觉得像是跟自己的孩子上街，心里有一种异样的自豪感，好像手里牵着个孩子也是什么了不起的成就似的。多米尼克沉默着，天知道他在想什么。上了有轨电车后，他坐到她的身边，望着窗外。车开过几站后，他开始提问题。他指着一个女人问："那女的为什么戴着帽子？""因为天冷。""天为什么冷？""因为冬天来了。""为什么？""看，那只小狗。"安格莉卡说。"那只狗为什么是小狗？""没有为什么，"她说，"有些狗长得小，有些狗长得大。""我们回家吗？"多米尼克问。"是的，"安格莉卡说，"我们回家，回我的家。"

终点站到了，他们得换车。汽车晚点，他们在黑暗处等着，下午下过雨，过往汽车的车灯反射在潮湿的路面上。安格莉卡幸好明天不用上班，她打算和本诺一起去宜家买鞋柜，她在产品目录里看中了一件。

多米尼克已经沉默了好一会儿。她低下头,看见他突然单脚站立,像芭蕾舞演员那样绕着自己的身子旋转起来,双臂伸展着,转啊转,直到踉跄不已。他眼睛瞧着地,全神贯注于这种毫无意义的舞蹈,脸上的表情严肃而专注。"小心,"安格莉卡说,"车来了。""我在飞。"多米尼克说。

安格莉卡住在城边八十年代建成的一片五层公寓楼小区里。刚搬来这座城市时,她没能马上找到更好的去处,住了一段时间以后,她也就习惯了,飞机起飞和降落的噪声也不怎么干扰她了,况且附近还有一片小树林,夏天她常去那儿慢跑。这里住了不少有孩子的家庭,有一天,安格莉卡也会有自己的孩子。她从来没有同本诺谈过这件事,也不知道他会怎么想。他不会搬到这么偏僻的地方来住,这是肯定的,他每次来看她时都这么说。他们大多在他那儿见面,只有在安格莉卡上晚班时,他才会偶尔来她这儿过夜。

多米尼克不假思索地跟着她上了楼,这让她多少有些吃惊。上到三楼时,他甚至追上她,跑到了她的前面,当她在自己房门前止步时,他已经超前了半层楼。她叫他下来,可他突然不愿意一个人下楼了,她只得上去牵着他的手一起下楼。

他站在房间走廊里,耐心地让她为自己脱下潮湿的鞋子和外套。她问他饿不饿,他点点头。她走进厨房,查看冰箱里还有些什么,然后煮了面条和即食酱汁。她一边吃,一边翻阅在有轨电车里拿的免费报纸。多米尼克吃相贪婪,用两只手抓着面条往嘴里塞,她让他用叉子,他说不会。"在托儿所里你不是会的吗?"她说。他于是装出不会用叉子的样子吃饭,当她再次训斥他时,他便胡搅蛮缠起来。"别装傻了。"安格莉卡说。多米尼克猛地推开自己的碟子,玻璃杯被碰倒了,水洒了一桌子,还弄湿了报纸。"你就不能小心点吗?"安格莉卡生气地说,站起身去取抹布。

她忽然觉得自己的家又难看,又不舒适,难怪本诺不愿意来她这儿。她不禁想起自己的童年,想起父母的家,那栋温馨的老房子,她曾经觉得这个世界上没有任何东西能够奈何得了那栋房子,好像它一直在,而且永远会在那儿保护她,为她提供避难之所似的。几年前,当父母亲说要卖掉房子,搬到一套公寓房里去的时候,她不能相信这是真的。母亲说,父亲的腿脚不行了,他们一天天见老,花园的活太多,打理不过来,况且他们两个人也不需要住那么大的房子。安格莉卡没吱声。父母搬家时请了一家搬家公司。她不知道自己是否会有能力也让自己的孩子能够拥有一个这样的家。她觉得自己缺少信心,缺少安全感和爱。

饭还没吃完,安格莉卡就听见钥匙转动的声音。"是我。"本诺在走廊里喊道。他走进客厅,停下脚步,说:"嘿,这是谁呀?"安格莉卡告诉他多米尼克为什么在这儿。"这小家伙睡我们床上?"本诺一边说,一边咧嘴笑了,"那我现在就可以回家了。"安格莉卡说，这一定是阴差阳错。"忘了接自己的孩子，这叫阴差阳错？"本诺说。他走到两人跟前，在餐桌边坐下。多米尼克睁大着眼睛望着他，本诺也张大眼睛模仿男孩惊讶的样子，说："他们可能飞走了，你的爸爸妈妈可能飞走了。"还学小鸟拍动自己的胳膊。多米尼克一声不吭。本诺问："还有吃的吗？""我以为你已经吃过了。""胡乱吃的。"本诺说。安格莉卡说可以给他煮点面条，"你还要吗？"她问多米尼克。他点点头。

十分钟后，她端着面条回到客厅，本诺和多米尼克已经一前一后地坐在被他们挪到地上的沙发靠垫上。多米尼克坐在本诺的身后，抱住他的腰，本诺弯着身子前后左右摇晃，嘴里还一边发出嗡嗡的声音，多米尼克欢快地笑着，跟着本诺一起前仰后合。"我们飞。"本诺说。

安格莉卡把面条放到桌上，摆好盘子和餐具。"来，"她说，"饭要凉了。"她又不由得想起自己的童年，想起那句她曾经听过无数遍、现在才似乎真正明白它的含义的话。本诺站起身，张开双臂，继续做出飞的样子，驶向桌子，多米尼克抓着他的皮带，被拖带着，高兴得又蹦又跳。本诺突然转过身，一把抓住男孩，把他举起，放到椅子上，"现在吃饭，"他说，"飞机没油了。"

安格莉卡看着他俩吃。现在是多米尼克在模仿本诺，他把头低到盘子跟前，用叉子大把大把地往嘴里扒拉面条，还不时地瞟一眼本诺；安格莉卡也在观察男友。可他对这一切似乎毫无察觉。他自己还是个孩子，她想。这或许就是他能跟孩子处得那么好的原因，他有几次来托儿所接她时，她就已经发现了。他让她觉得他的年龄甚至比多米尼克还要小。多米尼克像是能够察觉一切，他会思考，会提问，本诺从来不问什么，他来她这儿，让她给自己做饭，跟她睡觉，第二天早晨就走了。她不能想象他当父亲的样子。其实，来托儿所接孩子的那些男人大都不能算是真正的父亲，他们像同玩伴那样同孩子交谈，嘻嘻哈哈，打打闹闹，如果问他们一些正经一点的事儿，他们就只会耸耸肩，什么都不知道了。

"能来瓶啤酒吗？"本诺问，又问多米尼克，"你也要来一点吗？""不了，"多米尼克不紧不慢地说，"大人才能喝啤酒。"

晚饭后，多米尼克还想玩飞行，可本诺说，飞机的发动机坏了，然后，坐到沙发上，打开电视机。安格莉卡开始收拾桌子。她给多米尼克拿了几件为侄子和侄女准备的玩具，然后坐到了本诺身边，他正在看侦探片。她突然觉得自己很孤单。

多米尼克在胡乱地摆弄着摩比玩具小人儿，一边玩，一边不时地瞅瞅沙发上的那对男女。本诺把两只脚搁在沙发茶几上，一只胳膊挽着安格莉卡的肩，解开了她衬衣最上面的纽扣。"别这样。"她说，可他没停下，而是把手继续伸向她的乳沟。她想站起来，却被他按住了。"我可不想让那个小矮人坏了我的兴致。"他一边说，一边把她的衬衣脱了。"如果他说出去,我就得丢饭碗了。"安格莉卡说。本诺吻她的嘴,继续说着她听不太清的话,什么这孩子肯定在父母那儿见过,什么反正到时他自己也得学会。安格莉卡想忘了多米尼克,却做不到,她看见他在楼梯间哭哭啼啼看着她的样子,好像父母亲不来接他是她的错似的。我不喜欢他,她想,其实他们我一个都不喜欢。她躺倒在沙发上,抱住了本诺。他笑了,手慢慢地伸向她的两腿之间。他正要解她的腰带,却被她推开,他让自己跌下沙发,跌倒在地,仰面躺在多米尼克旁边。

"你想飞吗?"他问男孩,男孩不解地看着他。他一把抓起他,让他坐到自己的肚子上,胳肢他。多米尼克扭动身子挣扎着,却没有笑,重又满脸严肃的表情,像刚才在公共汽车站舞蹈时那样。安格莉卡坐了起来,把胸罩扶正,穿上衬衣。她感到羞愧。

"你知道小孩是从哪儿来的吗?"本诺问。多米尼克说自己是从妈妈的肚子里出来的。"那你是怎么进去的呢?"本诺问。"我那时很小很小,"多米尼克说,"这么小。"他把食指和拇指靠得很近,中间只留下一条细缝。

快九点时,多米尼克的母亲打来电话,安格莉卡吓了一跳,每次手机铃响时,她都这样。对方的声音听上去半是生气,半是尴尬,她道了歉,说丈夫出去开会,事先却没有告诉她。安格莉卡听见父亲在后面抗议。"反正,我们都以为对方会去接孩子。"他俩正在托儿所门口,马上赶来。安格莉卡详细地告诉她来这儿的路。"那,待会儿见。"多米尼克的母亲说。"多米尼克很好。"安格莉卡说。"啊,那当然,"母亲干笑了一声,"我毫不怀疑。二十分钟后,半个小时,我就能到您那儿了。"

"她是律师。"安格莉卡说。

"长得漂亮吗?"本诺问,"有钱吗?"

安格莉卡说多米尼克的父母肯定不缺钱,他父亲是专为情侣提供治疗的心理医师。

"那她长得怎样?"本诺问。

"一般。"安格莉卡说。

半小时后,门铃响了。多米尼克十分钟前就已经穿好了鞋子和外套坐在沙发上等着。"再见,小朋友。"本诺说,"欢迎再来。你还会来的吧?"多米尼克没有回答。安格莉卡牵起他的手。

多米尼克一瞧见玻璃大门后的母亲便挣脱了她的手,跑下台阶。两人面对面,中间只隔了一块玻璃。母亲蹲下身子向男孩做手势,他用双手和脸抵住冰冷的玻璃,玻璃被他的呼吸蒙上了一层雾气。安格莉卡打开门,母亲站起身,安格莉卡看到她手里拿着一个小包。多米尼克问:"这是给我的吗?""这是给好心的安格莉卡的,"母亲说,"谢谢她让你来看她。"她把礼物递给安格莉卡,又说了一遍非常抱歉出了这样的差错。安格莉卡之前想好了一些要说的话，这时却只说了句，这种事情难免发生，然后感谢他们的礼物。"希望您用得上。"多米尼克的母亲说，然后冲着多米尼克，"好，我们现在快快回家睡觉。跟老师说再见。"安格莉卡看着两人走向一辆横停在停车场上的吉普车，她只能看清父亲的影子。母亲弯着腰，像在跟多米尼克说什么，安格莉卡挥了挥手，两人却没再回过头来。玻璃门在她身后自动关上时，她转过身去，车已经不见了。她看见玻璃门上有多米尼克留下的手印，于是取出纸巾，把它们擦拭干净。

  本诺在浴室里，安格莉卡听见他淋浴的声音。她回到客厅坐下，打开礼物，那是一瓶香水。她闻了闻，又在耳朵后面和脖子上抹了一些。本诺走出浴室，他赤身裸体，只在腰上围了一条毛巾。能看见他勃起了。他坐到她身边，抱住她。她脱开身，说自己也想先冲个澡。她锁上了浴室门，却不开始脱衣服，本诺来敲门时，她还坐在抽水马桶上，脸埋在手掌里。

录像城

"你跟我说话？你在跟我说话？你是在跟我说话吗？

见鬼，那你又是在跟谁说话？

你在跟我说话？喂，这儿除了我，没别人了。"

——影片《出租车司机》中特拉维斯·比克尔说

一切都是在他母亲去世之后，在他们声称母亲去世之后开始。对于之前发生的事，他几乎没有记忆，只有一些不连贯的画面：那是在室外，白天，一座大花园，耀眼的色彩，果树，一栋带宽边屋檐的房子，画面的边缘变形了，像广角镜。特写：母亲的脸，她微笑着把他举起，两只手紧紧地抓住他，转圈。他的眼睛是摄像头。花园随着运动越来越快而模糊成一个绿色的漩涡。频闪。

一条长长的走廊，灰色的油毡地板，白色的墙，汽车雨灯的灯光从室外投射进来，光线暗淡。他坐在一条长椅上，身边是一个他不认识的女人，他们等了很久。一个医生从一扇门中走出来，摇摇头,说了一些他听不懂的话。医生的脸是灰色的。女人站起身,牵着小男孩的手,沿着走廊走了。他们离开大厅,然后,沿着一段宽宽的石头台阶往下走,慢慢地走出画面。画面静止片刻。频闪。

蒙太奇:食堂、寝室、体操房。他站着。他穿着裤腿太短的裤子。他穿着体操服。他穿着之前别人穿过的衣服。总是有别的男生在场。声道上尽是噪音和由不完整的句子、喊叫声、口哨声、孩子的歌声混合而成的回声。永远无法一人独处时的孤独。光灭了,似乎在同一时刻又亮了。牙膏、燕麦粥和硬面包的气味。有人在敲打一架钢琴。餐具碰撞,液体流动,然后漫出来的声音。沙沙的刮划声。他闭上眼,又睁开。

二十年之后。收音机闹钟传出"你是我的,宝贝儿"的歌声。一只手猛地盖住闹钟,音乐停了。一个男人从床上爬起。他在床沿坐了一会儿,脸埋在手掌里。他站起身,走出房间,我们跟着他走进浴室,然后走进走廊。镜头离开他,对准窗口,然后跃出窗子。窗外是贫民区里的一条街道,沥青马路是潮湿的,根据行人的衣着来判断,天气并不冷。群众演员像突然接到命令似的动了起来。一个男人手拿一束鲜花像每天早晨那样从这儿经过。两个三十岁左右留着黑色长发外国人模样的女子,两人都穿着牛仔裤和白色T恤衫,其中一个的肩上挎了一只亮蓝色的小包,她们之间虽然隔了几米,可看上去仍像是一块儿的,她们像两个克隆,两个闹翻了的姐妹。一幢楼的门开了,先前那个男人走上街,头发蓬乱,昏昏欲睡的样子。他在拐角处买了一杯咖啡,然后朝着之前那两个女人的方向走去。

两级台阶从人行道往下通到一个低矮的空间,玻璃门上写着"录像城",门后挂着一块红色的牌子:非营业时间。男人用钥匙打开门,进屋将牌子翻过来。屋里有一股陈年烟味,光线暗淡,即使在那男人打开灯后也是如此。墙上的架子里摆满了不计其数的录像带,屋子尽头的柜台上放着一台现金收款机和一台小电视机。柜台后面有一扇门,门通向一个狭窄的空间,里面有一个抽水马桶和一台旧冰箱,冰箱上放了一个污渍斑斑的咖啡机和一个东倒西歪像是从垃圾堆里捡来的小橱柜。男人打开电视机,启动收款机,给咖啡机添上咖啡,这才脱下外套。

上午一个客人也没有。中午时分,一个五十见外、个子矮小的妇人走进店里东张西望。她穿了一双蓝色的鞋子、一件斜格子的上衣,脸上现出疑惑的表情,做出走错门的样子,一言不发,就又走了出去。经常有人毫无理由地在这里出现,然后消失,他们有时只是站在窗外朝里望,有时随便找个借口进来,说想找一部他从没听说过的电影,或者想买摆在橱窗里的那个真人大小的纸人,还有的想换一些停车用的硬币。他被困住了手脚,找不到任何有关这些人的证据,他们非常狡猾。一次,他发现有人晚上进了店里,从那以后，他每天晚上都会认真地记住东西摆放的位置。他们一定察觉到了，晚上不再出现。他们行动极其谨慎。

他们不光是一些穿着黑色西装、胸前别着写有自己名字的小牌子的年轻男人，他们有时也是小孩或老年妇女。还有外国人。他们把一个难以辨认的地址递到你的眼皮底下，说要找某某某。他记住地址，然后把它们标到一张地图上，再把那些点连接起来。但是，他还没能搞清那意味着什么。他连自己的老主顾都不能信任了。他们也来他这儿试探，不经意地开始跟他聊天，问他看没看过这部或那部电影，还想知道他对这些电影的看法。他出言谨慎。他不知道他们有多少人，不能排除这些人不是一伙的。

背景是用木头和石头搭成的，做工精巧，你根本无法看出它们与实景之间的区别，但能感觉到缺了点什么，远处的房子背着光，像是透明的，只要朝着地平线方向走，地平线就会退缩回去，它是二维的，像是画出来的。他有时会发现一些漏洞，一些无关紧要的漏洞，但它们不可能是无意发生的。他敲敲墙，墙听上去是空的——有些事物比在现实中显现的更加微小。他有打开马路井盖看看下面究竟藏了什么的冲动，但这样做太显眼了。傍晚回家时，他想头也不回地一直朝前走下去，但是，他确信他们是不会容许他这么做的，他会在街头迷路，走进一条死胡同，或者陷入一起人为的交通事故。

他的一举一动都被监视着。晚上，他能听见有人在楼上走动。他搜查过摄像头和麦克风，可它们太小，藏得太好，他找不到它们。也有可能，他的体内已经植入了一枚计算机芯片，能够确定他所在位置，监控他的身体机能、他的脉搏、他的血压和新陈代谢。他有时会触摸自己的身体，却什么也感觉不到，芯片一定是藏在肌肉深处了。他不相信他们能够读出他的思想，还没有这样的技术，但正在开发之中。

洗澡时，他给镜子遮上一条毛巾，去超市时，他经常会把已经拿在手上的货物重新放回货架，然后再从最下一层取出另一件。他好几次注意到售货员在观察他。他几乎肯定他们在他的食物中做了手脚，放了一些让他意识不清的药物，所以，他健忘，视障，脉搏过快，出汗过多，会突然恐慌。天晓得那个医生开的药会不会才是他病状的症结所在。

他已经很久不上餐馆了，他连小卖部的咖啡都不能确定是否安全。有时，他会突然改变主意喝茶，然后一整天观察自己身体的反应。

为安全起见，他切断了那台小电视机的天线，用缆线传送数据是易如反掌的事。他现在只看录像，这成了他与外部世界的最后维系。他一遍一遍地观看同样的电影，用慢镜头播放，留心最微小的细节和最细微的差错，比如，古罗马故事片里出现了一块手表，麦克风支架伸入了画面。

他曾经尝试同制片人取得联系，也给朱迪·福斯特和马丁·斯科塞斯写过信。他当然从来没有收到过回信，以为自己的信能够送到他们手上，这也未免太过天真，可那时他没有其他的办法。后来，他学会了使用"死信箱"，把笔记、图纸和试验样品放在公共厕所里的镜子后面或某些路口的废纸桶里。他是从电影里得知这些信箱的具体位置和他的情报是否送达的。你能在这部影片和下部影片之间看出其中的变化，每一部新上映的电影都是对上一部提出的问题的回答。那些信息被加了密，但他已经知道如何破译。有时，当突然明白了其中含义时，他会情不自禁地大笑起来。是的，他常常狂喜，有一种知道再也不会上当受骗后的冷静的幸福感，他再也不会被脑子里那些"你不能走，你必须待在这儿，你属于我"的声音蒙骗了。

多年不知所云后的茅塞顿开。他行走在这座城市的街道上，一边走，一边笑。他的眼睛能够穿透物体，他能够用一只手推倒房屋，连根拔起像太阳伞似的插在地里的树。他能够完全控制自己的身体，仅仅通过凝神专注便能掌控体内功能。

他确信自己的工作是重要的，否则，他们早就把他带走了，这是他必须也愿意做出的牺牲，这种牺牲赋予了他的生活以某种意义和形式。

他把面包忘在家了。他思考了一下,是不是应该冒险去小卖部买汉堡包。他们不可能知道他恰恰会在今天去那儿,如果自己行动迅速,一定能让他们不知所措,来不及在食物里做手脚。风险是无法完全避免的。

在等汉堡包时,他看见一个女人带着一个孩子穿过马路朝他走来。她穿着一件浅色的皮大衣,背着一个暗棕色的包。他们总是带着包,估计是为了放置技术设备和电池,他们可能也带着武器。那个孩子不可疑,他应该什么也不知道,只是为了遮人耳目。他盯着那女人的双眼,她得明白他是不会被愚弄的。果真如此:她躲开他,好像突然有什么急事似的从他的身边走过,走出几米后,还转过身来满是恐惧地看了他一眼。他得意地笑了。

他等了好一会儿才把店里的灯打开,在亮处,他更容易被人发现。这是一天中最危险的时候。有时,他会离开店铺,站在街对面观察,客人来时,就赶忙跑回去。

六点到八点是一天中最忙的时候,之后,客人就少了。他以前一直营业到半夜,现在,他有时十点或十一点就关门了。自从两条街外那家大型录像租赁店开张后,来光顾他店的客人就越来越少了。他们想整垮他,但他不会,也不能放弃。他清点了一下一天的进账,把钱塞进口袋。自从有人破门行窃后,他总是让收银机的抽屉开着。

他已经习惯了这种状况,变得更加冷静。现在,当他早上从那些密探身边经过时,他也开始向他们打招呼。他们吓了一跳,没有料到他已经认出他们,便悄悄地溜走了。他会在他们的背后冲着他们喊:"早上好!如果咱们今儿见不着面了,也祝您中午好、晚上好和晚安。"他必须强忍着才能不让自己大笑起来。他下班回家时,他们又回来了。他疾步穿过马路,跑上通向他公寓的楼梯,一步两级台阶,有时一步三级台阶。他是如此欣喜若狂,恨不得去按响每一扇门的门铃,冲着邻居的脸大声吼叫他知道真相。他锁上房门,一动不动地站立了一会儿,然后把门打开,看了一眼楼梯间,再关上门。他一进客厅,便立刻打开收音机,好让他们无法窃听他的行踪。邻居对噪声抱怨很大,这也在预料之中。

吃完饭,洗了碗,梳洗完毕后,他才把收音机关上。他关了灯,然后步伐响亮地走进卧室。他们现在一定以为他上床睡了,注意力会逐渐分散。他静静地等了好几分钟,累得有时以为自己站着睡着了。他思绪游荡,失去了对时间的感觉。

当一切沉寂,他也变得全然平静后,他悄悄地溜进客厅,打开录像机和电视机。他在前一天晚上就已经把录像带放到了关键部位。

他在花园里玩耍,母亲走了过来,抱起他,带着他一起旋转。花园在运动中变得模糊不清,音乐达到了高潮。他再也无法忍住眼泪,向母亲张开双臂,他的手触到了荧幕。她望着他,友善地微笑着。

男士与男童

山脚下河边的那座游泳池关了，大门上了锁。天下着雨，有些凉，到处不见救生员的影子，他或许已经回家或进村了。卢卡斯在翻越用铁丝网拉成的围墙时，想起那个几年前在夜里翻墙而入，掉进水池，第二天早晨才被人发现的醉鬼。

他向更衣室走去。更衣室设在一栋漆成白色的矮砖房里，入口处挂着一块牌子，上面写着"男士与男童"。光只能透过墙和屋顶之间的空隙投射进来，即使在大热天，更衣室里也总是阴暗潮湿。卢卡斯开始逐个检查储物柜，看是不是有人忘了拿走硬币，却一无所获。搜索到一半时，他放弃了。他走到位于低处的河边。水是浅棕色的，很满，流得急，这让河面泛起一阵阵不安的涟漪，树枝漂过的速度看上去比水流得还快。卢卡斯能听到远处流水的轰鸣声，想必是上游水库在暴雨后开闸了。雨变得很小，最后停了。他回到更衣室换衣服。

他想起在那些不用上课的下午，因为天热，大家都拥进游泳池，在草坪上围成大大小小的群组。卢卡斯的同学在游泳池边嬉戏，互相推搡，或猛地扎进水中，直到救生员向他们发出警告。卢卡斯一边来回地游，一边数着游过的泳道。游出一公里后，他爬出水面，身体很凉，他摇摇摆摆的，像是忘记了怎么走路。他的同伴躺在大草坪上，身下垫着色彩鲜艳的泳巾，他们在讨论去哪儿过暑假。他走到他们身边，躺进草里。

卢卡斯和别人待在一起的时候老是觉得自己身体的毛孔被关闭了。他觉得自己渺小，他几乎能够痛苦地感觉到身体的存在，感觉到自己被这个身体围住，成了仅此一人。独自一人时，他能够忘记自己，感官的局限——他走过的潮湿的草坪，天空飘过的浮云，地平线上蓝色的条纹，河对岸树林的边缘——成了他唯一的约束。这时，卢卡斯能够成为任何一个人，或者谁都不是。

他躺在游泳池边粗糙的水泥地上。树叶被暴雨打落，漂浮在水面，一只黄蜂在树叶间挣扎。卢卡斯伸出手，想救出这只昆虫，却又怕被蜇了。他把手停在了那只小动物的上方，像要保护它似的。它慢慢地漂走了，离池子的边缘越来越远。

卢卡斯想起跟自己同班的弗兰齐丝卡。他们住在同一个方向，放学后一块儿回家。在铁轨分岔处分手时，他们经常会站在路口聊上很久。弗兰齐丝卡仿佛总是有说不完的话，但是，上次班里开联欢会时，她却不愿意跟他跳舞，找了一个奇怪的理由，去取饮料了。后来，她同莱奥跳了舞。

卢卡斯从游泳池边的玫瑰园里取出三颗石子，把上面的土洗净，然后，把它们一颗一颗地扔进池子。水面平静后，他看见了池底的石子。他慢慢地沿着梯子走进水池，水冷得让他屏住了呼吸。他在最下面的台阶上站了许久，水浸到了他的腹部。然后，他松了手。只要一开始运动，冰冷的感觉就会慢慢消退。他朝那些石子游去。第一次时，他只捞起两颗，等到探出水面后，才看见第三颗石子。他让石子从手中滑落。石子滑入水中时，水发出了一阵轻轻的吞咽声，石子颤抖着降落到水底。第二次，卢卡斯一口气把三颗石子都捞了上来——他不是游泳好手，却很会潜水。他深深地呼吸了几下，然后从池边跳跃而出，向下斜倾着身体潜入水中。他能够隐约看见白线和池底迅速地在身边闪过。现在，他正紧贴着池底向前游。游过第三道标线后，他感觉喉咙和胸部一阵沉闷，必须立刻浮出水面，他无法一口气游到对岸了。但他还是继续朝前游。沉闷的感觉逐渐退去，他觉得自己现在能够永远这样潜泳下去。在游最后几米时，他从肺里排出剩余的空气，紧贴着水池边缘，跃出水面。他深深地吸了一口气，然后慢慢地游回去。这时，他希望弗兰齐丝卡能够在那儿看着他。她有一次跃出水面时，比基尼的上衣滑落了一点，在她还没来得及把泳衣拉上之前，有一秒钟之久，卢卡斯看见了她赤裸的小乳房，暗色的乳头因为水冷而变得僵硬。

爬出水池后，他冻坏了，于是朝着跳台方向跑去，然后又跑了回来。水面逐渐恢复了平静。卢卡斯沿着游泳池的长边潜泳五十米，然后喊叫着从泳池的另一端跃出水面。弗兰齐丝卡站在那儿，微笑地看着他。她蹲下身，伸出手，帮助他爬出泳池。他想拥抱她，却不知道应该怎么做。他们望着对方，一同走向草坪。弗兰齐丝卡穿泳衣走路的样子跟平常很不一样，显得更加自信，她的臀部、肩膀和瘦削的双臂，整个身子都在动。她坐下，看上去却像是跌坐下去似的，她就这么坐在那儿，坐在草坪上，双腿交叉，上身倾斜，不停地说着话。

卢卡斯四处游荡。他穿过大草坪，沿着树下的栅栏行走，那里有几块泥土赤裸在外，光洁得像抛了光。空气里有青草、泥土和鲜花或垃圾发出的甜丝丝的味道。太阳从云里探出头，低低地照在草坪上，树叶上和草丛中有水滴闪着光。天突然变得极亮。

卢卡斯走在草地上，希望能捡到些什么，一个钱包，一只手表，一把小刀，什么都行。他走到河边，躺下。他躺在被修剪得短短的草地上，看着棕色的河水流过。草湿湿、凉凉的。一切变得极度清晰而肤浅，幸福与不幸掺杂在一起，那是一种感觉上像是不幸的幸福。

弗兰齐丝卡和女友结伴去游泳池游泳，她们围坐成一圈，预先买好了糖果，有说有笑。卢卡斯无法想象她们都在说些什么，他也记不得弗兰齐丝卡整天都跟他说了什么。总有一天，她也会有不知该说什么的时候，那也许就是人们接吻的一刻。接吻前，你先得沉默下来。

卢卡斯躺在草地上，把两只手放到胸前，拱成两个平矮的小丘。有几颗水滴不知从哪儿滴落到他的肚子上，风轻轻刮过，卢卡斯冷得战栗起来。

他站在更衣室门外：女士及女童，他走了进去。这里的单人更衣间更多，没有男更衣室里那种让大家一起换衣服的大更衣间。卢卡斯有些纳闷女人有什么不好意思的，她们是不是有什么秘密和有什么样的秘密。

弗兰齐丝卡走了进来，腋下夹着一只装衣物的塑料袋。她走进一个更衣间，锁上门，脱下裤子和T恤，在脱得精光之前，她从包里取出泳衣，把它抖落干净，挂在衣帽钩上。她匆匆忙忙的，想着别人都已经围成了一圈坐在草地上等她。

卢卡斯脱下泳裤挂起来。他用双腿紧紧夹住阴茎，低头顺着身体朝下看，两只手贴着臀部往下抚摸，他可以是任何一个人，或者谁都不是。他觉得热，他的皮肤仿佛在燃烧，可他的身体里面却仍然是冰凉的。

他打开更衣间的门，一下子觉得自己更加裸露了。他朝着户外走去，但害怕被人发现自己赤裸着身子，不敢继续朝前走。他在门口停住了。一群女人从他身边走过,那是一些穿着鲜艳夏装的女孩、带着孩子的年轻女子和年长一些的妇女,她们消失在更衣室里,随即又穿着五颜六色的泳衣走了出来。

卢卡斯跑回男更衣室。他没有把衣服锁进柜子,它们现在就在一条长木凳上,堆成小小的一堆。他穿上湿湿的衣服,重新检查存物柜,寻找被人遗忘的硬币。他重新从第一个柜子开始,又在一半的时候停下,走出了砖房。

厕所的门锁了,卢卡斯没能打开女厕所和男厕所的门。厕所背后还有一扇门,门半掩着,里面传来一阵低沉而单调的嗡嗡声。卢卡斯朝漆黑的屋里望去。声音是一只大循环水泵发出的,地上放着几只装有化学品的白色和蓝色的塑料筒,散发出一股消毒水的味道。

他走进屋子。屋里比外面暖和许多。他在身后把门关上,在黑暗中站了一会儿,不敢动弹,忽然有些担心救生员会回来,在这儿逮住他。

他重又翻越围墙出去时,发现把泳裤忘在女更衣室了。他想象着弗兰齐丝卡如何手指翘得高高的把它从挂钩上取下,然后交给救生员,救生员把它扔进了那只用来失物招领的纸箱。

一封信

曼弗雷德去世后和举行葬礼前的那几天，约翰娜把他的衣服和鞋子处理掉了。她预感再过几天，自己就不忍心了。她把他的盥洗用品也处理了，还有他的药和一些只有他吃的、包装已经打开或他为自己储备的食物。夜幕降临后，约翰娜把那些大垃圾袋塞进车里，第二天开车去垃圾焚烧厂，亲自把那些袋子扔进了大坑。正值盛夏，天气即便在早晨也已经相当热了，垃圾散发出的恶臭味令人作呕。车出入厂区前需要称重，两次重量的差值被用来计算费用。"九十公斤。"收费员说，然后报了一个总价，"就这个价钱，您能处理掉三倍的垃圾。""没事儿。"约翰娜给了他一些小费。对亡人的追思，是在葬礼结束后开始的。

约翰娜花了好几年的时间才准备好去整理那些她没有立即处理掉的东西。她先开始整理曼弗雷德留下的书，那大都是他上大学时用过的一些有关税务和企业管理的书籍。他生前是税务师，客户大多是小企业主，他替他们做账。他也有一些帮助他们免费填写和递交纳税申报表的私人客户。"你人太好了。"约翰娜有时会说，可曼弗雷德耸耸肩，说："我很了解他们的收入情况，跟他们比起来，我们已经过得很不错了。"曼弗雷德去世后，同丈夫共事多年的女秘书海德薇茜接管了解散税务所的工作，她和客户取得联系，归还文件，向他们推荐新的税务师，最后还处理了曼弗雷德几年前新添置的办公家具。海德薇茜起初还打过几次电话，可约翰娜每次都说，我不懂这些事务，您觉得应该怎么处理就怎么处理吧。海德薇茜说："我很想他。"约翰娜沙哑地笑了，答道："那您说我呢？"

曼弗雷德去世已经七年了，然而，要去整理他的办公桌，约翰娜还是有些不安。可她总有一天得去完成这件事，费莉西塔有时会来她这儿住上几天，她得为孙女腾出一间房来。这孩子至今还跟她睡一张双人床，她已经六岁了，约翰娜觉得她应该拥有一张自己的床和可以放自己东西的地方。

书桌最上一层的抽屉里装满了杂物，阿德里安小时候对它们很是着迷。曼弗雷德有时会让儿子坐在自己的腿上，把东西一件一件从抽屉里取出，向他讲述它们的故事：他第一次去美国时带回来的"红袜"棒球队的棒球、那把萨米刀、那头纸浆做的大象、一把计算尺和一只坏了的手表。那些物品，有些是曼弗雷德年轻时用过的，有些约翰娜知道它们的来历和它们对曼弗雷德的意义。她将每样东西长久地端在手中，无法决定哪件应该留下，哪件应该扔掉，最后，把它们统统放回抽屉锁了起来。她打算问阿德里安是否想留下几件，她自己什么都不要，它们只会让她伤心。

第二层的抽屉里挂着几只文件夹，文件夹里是各式文件、办公家具的产品目录、保险单据、产品使用说明书和一些毫无纪念意义的旧文件。约翰娜毫不犹豫地把它们一样一样地扔进废纸箱。有一个挂夹里放了几本七十年代的摄影杂志，其中一本的封面上是一个非洲打扮的乳房尖尖的黑人女子，约翰娜翻看起来。杂志里的照片毫无过分之处，这出乎她的意料，尽管如此，她还是有些困惑曼弗雷德为何把这些画报藏了起来不让她看到。她把清空了的文件夹从抽屉里取出，扔进垃圾袋。这时，一小捆信封滑落下来，掉在了地上。约翰娜捡起信，解开绑住信封的皮筋。那是一叠尺寸相同的小信封，大约有二十只，字写得漂亮，收信人的地址是曼弗雷德的事务所。信是在一年之内寄出的，邮戳上的日期快是三十年前的了。约翰娜犹豫了一下，抽出其中一封，读了起来。

阿德里安匆匆忙忙的样子，约翰娜开门时，他已经在同费莉西塔道别了。他急促地问候了母亲，说伊丽丝等在车里，"我们不会太晚回来的"。"她可以在这里过夜。"约翰娜说，"我已经把办公室腾出来了。"然后对费莉西塔说，"你现在有自己的房间了。"费莉西塔牵着她的手，兴奋地望着她。"真的不麻烦你吗？"阿德里安问。约翰娜说:"你们明天过来吃早饭吧,我想跟你说件事儿。""那谢谢你啦。"阿德里安一边说,一边匆忙地吻了一下母亲的脸颊,又摸摸费莉西塔的头,说:"明天见,宝贝儿。""你们也可以在这里过夜。"约翰娜说这话时,阿德里安已经在下楼梯了,他说自己还是喜欢回家睡觉,谢了。

费莉西塔都已经上床了,还开始向奶奶打听爷爷的事,她总是想尽办法不去睡觉。约翰娜常常告诉她爷爷是如何可亲可爱,他怎么帮助了许多人,可这次,她变得寡言少语,她不愿意去回忆曼弗雷德。"他为什么死了?"费莉西塔问。"我们每个人都会死的。"约翰娜说,"他抽烟抽得太凶了。""爸爸抽烟也很凶。"费莉西塔说,"抽烟太多就会死吗?""有可能。"约翰娜说,"你爷爷在天上,我想他看不见我们。"费莉西塔的宠物天竺鼠前不久死了,她便开始想象它正同爷爷一起在天上,这显然超出了她的能力。"睡吧。"约翰娜说,"好好睡。"

第二天醒来,祖孙俩正说着别的,可费莉西塔看见摆在柜子上的祖父的照片时,便问那是不是在天上。"不是。"约翰娜说,"那是意大利托斯卡纳,我们在那儿度假,你也去过,是去年,和你妈妈爸爸一起。""我忘了。"费莉西塔说,似乎有些难过,接着又开始问一些约翰娜也无法回答的有关天堂的问题。"没有人知道天堂是怎样的,因为还从来没有人从那儿回来过,它比天上的星星还要远。"她说,"对,我也会去天堂,你的爸爸妈妈会去,你也会去。"

吃早饭时,费莉西塔又开始唠叨:"爷爷在天上,我也会去天堂。"伊丽丝用责备的目光看了婆婆一眼,阿德里安什么也没说。尽管他同父亲的关系向来不甚亲密,可到了现在,还是没法跟他提父亲去世的事。"我也会去天堂。"费莉西塔重复了一遍。"你还有时间。"伊丽丝说,"有的是时间。"她急着要走,约翰娜只能匆匆忙忙地把曼弗雷德的东西拿给阿德里安看。她看见他脸上掠过孩童般的欣喜,即刻又消失了。他拿起计算尺,把两边的刻度挪近,说:"我从来没搞明白这是怎么用的。你看,费莉西塔,电脑发明前,人们用它来算数。"约翰娜问:"你想留几件吗?"阿德里安有些犹豫。"我们的东西已经太多了。"伊丽丝说。"手表?"约翰娜问。"那已经坏了。"阿德里安说。尽管自己什么也不想留下,约翰娜还是有些失望。她把三人送到车边,伊丽丝已经帮费莉西塔系好了儿童座椅,阿德里安还没上车。他问:"你没事吧?""我最近有点累,"约翰娜说,"睡眠不好。""你想跟我说什么事来着?"他问。她说,没什么要紧事,等他有空时再说。"给我电话。"他说。

约翰娜给女秘书海德薇茜打电话,她们约了在一家咖啡馆见面。约翰娜见到海德薇茜时,不禁吃了一惊。她不染发了,穿着保健鞋,还戴了一副眼镜,她说自己不能戴隐形眼镜了。她们说不上话,她们俩话从来就不多。曼弗雷德的事务所是一个跟约翰娜毫无干系的世界，曼弗雷德也很少谈及工作，如果约翰娜问起，他便会摆摆手，说一切正常。她有时去办公室接他下班，偶尔会遇见他正同客户告别，或同海德薇茜开玩笑，每次，她都会觉得自己是在观察一个陌生人，那人看上去跟在家时完全不同，更加果断、活泼、幽默。正是这样一个男人收到了这些信和写了那些信，约翰娜只能根据情妇的回信来猜测他写的内容："我红着脸读了你的上一封信，你的想象令我兴奋，我也很想你。"约翰娜原本想向海德薇茜打听那个女人，可现在却做不到了，她难以启齿。女秘书又能知道什么？约翰娜无法想象曼弗雷德会告诉秘书自己还过着另一种生活。约翰娜根本无法想象他会有这样的秘密。

她现在只是出于责任心才去墓地。之前打理墓地时，她觉得离曼弗雷德很近，可现在，他似乎真的死了，他们之间那种超越生死的维系和纽带断了。她想过要去找到曼弗雷德的情人，让她交出他写给她的信，好抹清那次外遇的踪迹。可是，事情已经过去那么多年了，而且她落款时，也只用了小名，没有姓。然而，抹去痕迹又能改变什么呢？谁是莫妮卡，这最终并不重要，她或许只是他众多情人中的一个。约翰娜不禁想起曼弗雷德的那些女客户，那个他们偶尔会去她那儿用餐的餐馆女老板，她在曼弗雷德的葬礼上哭个不停。约翰娜当时并不觉得什么，现在却起了疑心。曼弗雷德有不少女客户参加了葬礼。

她原本打算把这件事告诉阿德里安，可他打来电话时，她却一字未提。她对自己说，她不想让他失望，可私底下她知道，他不会因此失去对父亲的尊重，而是会瞧不起她，瞧不起被欺骗了的她。她仔细想过能同谁谈论这件事，却想不起一个人来。邻居肯定是不行的，她在村里的熟人大多是通过曼弗雷德认识的。他在这里土生土长，认识每个人，因为是他的妻子，至今还有不少人同她打招呼，她却跟他们一个也不熟。有一次，那是几年前了，她去学过意大利语，可班上的同学都比她年轻许多，课程一结束，大家也就失去了联系。她想起语言班的老师，他不是本地人，他们当时关系不错。可是，她又能告诉他什么呢？他或许已经不记得她了。

阿德里安过四十岁生日那天在家里办了一个盛大的晚会，说"要跟朋友们一起过"。他问母亲能不能在那天晚上照看费莉西塔。约翰娜下午的时候就到了，陪着孙女玩儿，伊丽丝和阿德里安在准备沙拉。晚会计划在花园举行，阿德里安担心天气多变，会下雨，在最后一刻还是请人搭起了一个大帐篷。第一批客人大约六点时到了，那是阿德里安的同事和一些约翰娜二十多年没见面却能一一认出的老同学。她从前用"你"称呼他们，现在突然要用尊称，这让她觉得有点别扭。费莉西塔和几个孩子进屋玩去了，约翰娜跟在后头，发觉他们并不欢迎自己加入他们的游戏，于是就又回到了花园。阿德里安正忙着烤肉，伊丽丝在招呼新到的客人，把他们介绍给其他未谋面的客人，约翰娜站在人群之外，笑容停滞在脸上。她不想打扰别人，也不想让别人察觉自己心情不好。

起云了，随时都有下雨的可能。阿德里安叫道："肉烤好了！"烤肉架前随即排起了长队。约翰娜将孩子从屋里招呼出来，让他们在小桌子前坐好，并尽量安静下来。偶尔会有父母走到小桌前，问还都好吗？一名年轻女子走到一个安安静静、两岁模样的男孩身后，用手摸着他的头问："你还不累吗？"这时，她才似乎注意到约翰娜的存在，伸出手问："您好吗？我们有大半辈子没见面了。"约翰娜犹豫了一下。"我是伊娃，"年轻女子说，"我以前留长发。"约翰娜这才想起，伊娃和阿德里安上的是同一所职业学校，他们还好过一段时间，她和曼弗雷德都喜欢这女孩，一天，阿德里安说他们分手了，他们还很失望。阿德里安没有说分手的原因，约翰娜也没有问。"啊，是您。"她说，"这是您的孩子吗？""请您一定要用'你'来称呼我。"伊娃说，"他叫扬。"约翰娜把男孩的小手握在手中，他眼睛一眨不眨地看着她，她问："你爸爸在哪儿？"伊娃说她和扬的父亲已经分手了。"我很抱歉。"约翰娜说，伊娃笑了："我不。"

那些年龄大一些的孩子突然跃身跑到自助餐桌前，伊丽丝正在上甜点，小的们也紧跟而去。伊娃抱起扬，他扭动着身子，母亲只得把他放下,他跟着别的孩子一起跑了。"我想他们不需要我们照顾。"伊娃说,"您为什么不来我们那桌坐一会儿?"

吃完甜点后,约翰娜哄费莉西塔上床睡了,然后走下楼,看见伊娃站在走廊里摇着一辆婴儿推车。"下雨了。"伊娃悄声说,"我想他已经睡着了。"约翰娜低声问:"要我把灯关了吗?""不用。"伊娃说,"他只要睡着了,就没那么容易醒。"她打开婴儿监听器,把监视端放在婴儿车旁,却不回花园,而是走进厨房,也不开灯,随手拿起一只用过的香槟酒杯,用水龙头接上水。约翰娜跟了进来,说:"等等,我给你一只干净的杯子。"可伊娃已经喝了。约翰娜还是从柜子里拿出一只玻璃杯,盛满水,有些不知所措地站在那儿,直到伊娃从她手中接过杯子放到橱柜上。"我很累。"她一边说,一边用手捋过头发,"男人的问题。"约翰娜沉默了,她不知道这个年轻女子指望她说些什么。"时间会解决一切问题的。"她说,然后在餐桌边坐下。伊娃笑了。"也许吧。"她说,"他已经结婚了,剩下的,就不用我跟您说了。""用'你'。"约翰娜说。伊娃说:"这种故事我都听过多少遍了,现在被我自己碰上了。不过,他从一开始就没有瞒我。"

她的情人同她一样是德语老师,他们是在一次教师培训时一见钟情,坠入爱河的。但是,他有两个孩子,不愿意离开他的妻子,伊娃说:"他怕失去孩子。还有,他的婚姻似乎相当美满——又一个毫无新意的故事罢了。"约翰娜还是沉默着。伊娃继续说,男友住在卢塞恩,他们很少见面,这也许挺好的。他们隔几个星期见一次面,是他来看她。她不知道他怎么跟妻子解释,她也根本不想知道。有那么一整个周末,他们像夫妻一样生活,之后,他就会回到家人的身边。伊娃笑了:"我甚至一点儿也不嫉妒他的妻子,不可思议。"

"如果他的婚姻是美满的,"约翰娜问,"那他为什么还有外遇?"伊娃耸耸肩,问:"你——觉得这不道德吗?"约翰娜能够感觉到她在说那个亲密的"你"字时的犹豫。"我告诉我自己,这是他应该承担的责任。"伊娃说,"毕竟,是他欺骗了妻子。你觉得我应该跟他分手吗?"但这不是约翰娜感兴趣的问题,她问:"他是怎么样的一个人?他跟你谈论他的家庭生活吗?他都跟你说些什么?""他是一个非常普通的人。"伊娃说,"不怎么谈自己的家庭生活,我也无所谓,反正不关我的事。""这正常吗?"约翰娜问,语气比她想要控制的更加强烈,"一个已婚男人有情妇,这正常吗?这怎么可能正常?"她从走廊射进来的灯光里看见伊娃笑了:"阿德里安从来没有告诉你我们是为什么分手的,对吧?"约翰娜问:"如果他的妻子打电话来责问你,你会怎么向她解释?你会怎么说?"伊娃说:"我不知道。"两人都沉默了。然后,伊娃说:"我会告诉她,这没那么重要,她不必担心。"

走廊上传来了响声,有人进来上厕所。约翰娜听见一个男人的声音在问:"你好了没有?"接着是抽水的声音,门开了,一个女人说:"我觉得他不错。""我很快就好。"男人说,又是门声,然后是女人的声音:"我在外面等你。"伊娃耸耸肩膀说,她也要回家了。

那封信,约翰娜至少已经开了五遍头。"亲爱的伊娃,自从我们交谈以来,我思考了很多。我了解你的问题的另一面,我本人就是一个被欺骗的受害者。"不,她想,我不是受害者,我当时对此事一无所知。"我的丈夫对我不忠。"她写道,却不喜欢这种措辞,"我的丈夫有外遇。"可伊娃凭什么对这件事感兴趣?她原本想写,她应该离开她的情人,她正在伤害自己、对方和对方的家庭。可她真的这么认为吗?如果她没有看到那些信,如果没有读那些信就把它们扔了,那又会怎样?伤害她的不是曼弗雷德,而是她自己,是她没有让事情既往不咎。说到底,曼弗雷德的不忠不也是她的错吗?他们之间一定让他觉得缺少了什么,或许——这可能是最让人宽慰的解释——那只是一些与肉体有关的东西。"我红着脸读了你的上一封信,你的想象令我兴奋。"约翰娜从来没有给丈夫写过这样的句子,性生活在他们的婚姻中是一桩无言的、发生在黑暗中、不被谈及的事情。也许,你得跟一个男人分离,才能渴望他,才能写出这样的句子。她离开家从来不会超过几天的时间,那时,她会给曼弗雷德写明信片,写的内容,邮递员看了也无妨。

　　她把那些情书取出来重新读了一遍。她试着在读信的时候不去想曼弗雷德,而是把它们当作克服一切困难和障碍的两情相悦的见证。她把每一封信从头至尾读了一遍,然后,把它们揉成一团,扔进垃圾桶。很久以来,她重又想起曼弗雷德,她想到的不是他的不忠,而是他对生活的热爱、他的耐心、他乐于助人和善于自嘲的天性,她想起他们曾经亲密无间,想到他的柔情,和她是多么想念他。顿然间她确信无疑,在他们的关系中,没有任何让他觉得欠缺的东西,他出轨,不是因为缺了什么,而是因为有太多的爱,太多的好奇,太多的敬畏和赞赏,无论是对孩子,对动物,还是对大自然,或者对待他的工作和整个世界,这就是他。她从信笺上撕下那封开了头的信。她开始给曼弗雷德写信,迅速而不加思考,那些句子是她之前从未写过的。

晚　年

两个小时车程后,韦克斯勒看见那座山陵从地平线上缓缓升起,那个与他同名的村庄就建在山上。他向来觉得那座山丘从远处望去像巨兽的身体,那只野兽在遥远的史前时代来到平原,躺下,身上渐渐长满了树林和草地。

他二十多年前离开了那座村庄。他在村里度过了童年,结了婚,他成为建筑师后的第一批订单也是在那儿完成的。同玛格丽特的婚姻破裂后,韦克斯勒搬到城里开始了新的生活,他事业发达,对村子的记忆也逐渐暗淡了。

今年二月的天气异常暖和,前几天时却下了一场雪,雪在占去大半片山坡的葡萄园里积了下来,葡萄藤一列一列排得整齐,像韦克斯勒草图里的阴影线。他立刻认出了这片风景。驶近村子时,他才发现在离开的那些年,村子里发生了很大的变化,从前种着玉米和甜菜的地里现在毫无章法地建起了一片五颜六色的厂房。韦克斯勒回想起当初在村里接手首批小型维修工程时,他花了好几个月的时间同有关部门争辩窗框应该刷什么样的颜色，如今，谁都可以随心所欲地在那儿建楼。

韦克斯勒把车停在集市广场。他小时候上学时每天都要经过广场，有时下课后，他会偷偷跑去肉铺师傅那儿看屠宰牲口，他现在还记得那些拴在门外等着宰割的小牛犊满是恐惧的眼神。肉铺不见了，现在的店里卖内衣。广场四周建起了一片丑陋的新式建筑，有写字楼、购物中心，甚至还有一家酒店。

快到午饭时间了，韦克斯勒挑了一家他从前去过的餐馆走了进去。餐厅里的布置没有变，墙上铺着暗色的木质面板，桌上摆好了餐具，韦克斯勒却是唯一的客人。女招待问他想吃什么，然后颇不乐意地记下他的要求。当她一言不发地把咖啡放到他面前的桌上时，店主从厨房走了出来。他系着一条污渍斑斑的围裙，韦克斯勒恍惚之间以为自己看到了"椴树餐馆"从前那个无所谓他们还不满十六岁就把啤酒卖给他们的老板。这一定是他的儿子。他应该比韦克斯勒大不了多少，二十年前是个英俊的小伙子，没有哪个女人是他搞不定的。可现在，他变得又胖又苍白，还长了一张酗酒者特有的浮肿的脸。

店主走到韦克斯勒跟前，伸出手，向他问好，当地这种习俗似乎还没变。韦克斯勒问起他的父亲，店主满腹狐疑地看着他说，父亲已经去世多年。韦克斯勒告诉他自己曾经在这儿住过，并向他打听从前的一些朋友，店主尽力回答。韦克斯勒有些朋友搬走了，有些过世了，有些人的名字店主从没听说过。

"您可还记得那个建筑设计师韦克斯勒和他的妻子玛格丽特？"

店主点了点头，模棱两可地做了个手势，好像在说，那是很久以前的事了。他的脸突然看上去疲惫之极。

"那次离婚可是一桩小丑闻，"韦克斯勒说，"女的不愿意，官司是霍德尔律师打的，您一定记得。"

店主说霍德尔现在是公证师，每天中午都来这儿用餐，然后说了声抱歉，得回厨房了。韦克斯勒叫来女招待，说自己改变主意了，想在这儿吃饭。

十二点钟，附近的教堂敲响了钟声，餐馆的客人渐渐多了起来，他们大多结伴而来，直呼女招待的小名。韦克斯勒觉得自己的过去被这些不曾相识的人占据，他搬走了，别人来到这里定居，从前的村子只存在于他的记忆之中。

霍德尔走进餐厅，站在门口打量着四周，仿佛他是这儿的主人似的。这位律师老了，头也秃了，个子看上去比从前还要矮，可韦克斯勒还是马上认出了他。两人的目光相遇，韦克斯勒半站起身，友好地向霍德尔点点头，后者走到他的桌前。

"您得原谅我，"他的眼中带着询问的目光，"我打交道的人太多……"

韦克斯勒做了自我介绍，霍德尔的脸上一亮："一个来自过去的幽灵。你好吗？"

两人握了握手，坐下。霍德尔以老主顾才有的那种不经意的神情迅速地看了一眼菜单，订了菜，然后说，来一瓶用橡木桶酿的葡萄酒，不是平常待客的那种。女招待高兴地笑了。

"这儿连葡萄酒都比从前好了。"霍德尔说。

他说，他时常在报纸上看到有关韦克斯勒的报道，村里人都很为他骄傲，他建的那座室内游泳池……是水疗中心，韦克斯勒更正说。霍德尔想知道是什么让他回到了村里，韦克斯勒答道，那座殡仪礼拜堂需要整修，霍德尔点点头。韦克斯勒说，先看一下，再决定是否投标。霍德尔咧嘴笑了，说，他妻子那事儿早被大家原谅了，往事如烟，现如今，离婚几乎已是风雅之事。韦克斯勒突然后悔自己没有去另一家餐馆，他不愿意回忆从前的生活。时光已逝，他重新结了婚，当了父亲，他的长孙也快要出生了，他对自己的生活相当满意。

"如果你不介意的话，我陪你去墓地。"霍德尔在喝餐后咖啡时说，"运动一下，对我也好。"

吃饭时，他一直在谈论自己，谈论自己的工作、他的妻子和两个住在城里的儿子。韦克斯勒很想甩掉这位老朋友，但又不想失礼。酒精和食物让他昏昏欲睡，一切让他作呕。霍德尔坚持要付账，他说应该的，他当初在他身上毕竟没少赚钱，此外，韦克斯勒在不知情的情况下还为他造就了一段风流韵事。

两人并肩走在通向墓地的公路上，路上车辆频繁。霍德尔问他还记不记得自己的第一任妻子。当然，韦克斯勒说，他还想说些什么，却还是打住了。一个年轻女子推着一辆婴儿车迎面而来，霍德尔让了道，紧跟在韦克斯勒身后走了一会儿，跟得很近，像是要跳到他背上似的。

"她当然知道自己为什么不同意离婚。"霍德尔说，"人们对她议论纷纷，教堂唱诗班也暗示她离开。可又有谁会料到呢……"

玛格丽特来自一个虔诚的天主教家庭，他们结婚时，父亲就已经反对女儿嫁给另一个宗派的男人，离婚对他而言更是成了一场灾难。尽管错不在女儿，韦克斯勒也已经搬到城里和另外一个女人同居了，他还是威胁女儿，不许她离婚。玛格丽特是一个情感强烈、几近自负的女子，却从来斗不过自己的父亲。韦克斯勒把这件事交给了霍德尔，让他放开手脚处理。他从未得知这位律师最后是怎么说服玛格丽特同意离婚的，他也不想知道。

"这里的谣言传得很快。"霍德尔一边说，一边恶作剧地笑了，"如果离婚时判她有错，那么在经济上，她也会有不堪的后果。"

他说自己那时还能够不惜一切手段，可那是很久以前的事了，他再也不必为此羞愧，他如今是一个受人尊敬的市民，同每个有脸面的人物都能够称兄道弟。

"也有几个在大街上见到我不打招呼的。可干我这行的,如果没有几个敌人,就一定是蠢蛋。"

他们走进墓地,在殡仪礼拜堂前停下。礼拜堂是六十年代建的,当时还因为设计大胆而激怒了不少人,如今却显得破旧不堪,外墙也已经被公路的废气熏黑。

教堂里比外面还冷,有洗洁剂和蜡烛的味道。韦克斯勒走了一圈。他知道自己不会去投标,却还是用数码相机拍了几张内景。霍德尔一直紧跟着他,也不说话,只有一次,他轻声咳嗽了一阵。

"按部就班。"等他们走出礼拜堂后,霍德尔问,"你想去扫一下墓吗?"

他不等回答,就径自走在前头,走过一排排墓碑,最后在一块不起眼的白色大理石碑前停下脚步。韦克斯勒走到他的身边,两人就这么站了一会儿,两只手插在大衣口袋里,呆呆地望着那块只写着玛格丽特的姓名和生卒年月的石头。霍德尔深深地叹了一口气。

"这才是最操蛋的。"他说,声音听上去不同于之前,更轻,也更沙哑,"我不是说自己从前是什么善人,可人老了,那才是最没劲的。"

他转过身,用头示意了一下那个正在用小掘土机挖掘新坟的工人。

"你永远不知道下一个是不是该你了。"他说,"可再怎么着,他们也应该用手来挖……"

韦克斯勒突然有要哭的冲动,但霍德尔在场,他愧于流泪。他摇摇头,继续往前走。他在墓地边一丛松树下的长凳上坐下。霍德尔跟了上来,站在长凳前,望着墓地的围墙。墙后是铁轨。

"她曾经对我说,要跌,就要跌得狠。"他轻声地说,"她同椴树餐馆的老板好过一段,后来,他甩了她,她就开始酗酒,可能之前就开始了。然后,怎么说呢,她就不停地更换情人。我觉得她爱你,要比你想象得深。"

他也帮过玛格丽特几次,霍德尔说,他承认不是出于怜悯,绝望的女人是最棒的情人,你可以为所欲为,她们已经一无所有,不怕失去什么。即使在开始酗酒后,玛格丽特仍是一个漂亮女人,只有在最后才能看出濒临毁灭的痕迹。

"你为什么不给我打电话,"韦克斯勒突然暴躁地打断他,"我是可以帮她的。"

"她说她给你写过信。"霍德尔赔着笑说。韦克斯勒举起的双臂又落回到腿上。他工作一直很忙,他说,几乎连照顾自己的孩子和第二任妻子的时间都没有。

"老掉牙的故事了。"霍德尔说。围墙后,一辆列车驶过,他停了下来,等轰鸣声远去后继续说,墓碑是他捐的,村里如今还有人打听买墓碑的钱是从哪儿来的,可石匠的嘴很严,他也曾经拜倒在玛格丽特的石榴裙之下。

"看看,我们现在变得有多丑啊。"霍德尔摇摇头,说,他得走了,下次再来时,记得去找他。他把手递给韦克斯勒,也不看他一眼,就走了。

雪很快就会化的,韦克斯勒想。空气是冷的,但阳光是温暖的。他在长凳上坐了一会儿,然后站起身,走到玛格丽特的墓前。他站在那儿,回想起那个他们相遇时曾经年轻的女孩,性格快乐,无忧无虑,他想到自己和霍德尔,还有不知道谁,是怎样毁了她的生活。他想哭,却哭不出来。他蹲下身,收拾了一下几株种在墓碑旁的植物干枯的枝叶,然后站起身,头也不回地离开了墓地。

神的儿女

米歇尔还从来没听说过那个姑娘的名字,女管家向他介绍:这个曼蒂声称,孩子没有父亲,她住在邻村,W村。女管家笑了,米歇尔叹了一口气。礼拜天时几乎没人来教堂,去敬老院被老人赶出来,上《圣经》辅导课时孩子们放肆之极,好像这些还不够似的。他说,这是共产主义,它还在作祟。哎哟,女管家说,老早就这样了,他知不知道通往W村的路边的那块甜菜地?那地里有一小块凸地,长了几棵树,农场主不让砍。她说:"他老早就在那儿跟女人幽会了。"米歇尔问:"哪个女人?哪个农场主?""那边的那个。"女管家说,"他的父亲和祖父也都那样。都那样,从古至今,就这样。我们都是人嘛,你是,我是,他是,都有七情六欲。"

米歇尔叹了一口气。自从春天接管这个教区以来,他至今未能与本地人走得更近一些。他是在山里长大的,山里的人、风景、天空,什么都不同。这里的天空,遥远无边。

女管家说,这个曼蒂说自己从没碰过男人,那个孩子难道是亲爱的上帝下的种？她啊，是格雷戈里的女儿，父亲在交通公司工作，是个又矮又胖的公交汽车司机，他把女儿揍了个鼻青眼肿，作为对她的回答。现在，全村人都在打探谁是孩子的父亲。能够列为怀疑对象的本地男人倒不多，可能是餐馆老板马柯，但也可能是不知道的哪个流浪汉，那女孩长得不漂亮，顺手牵羊，何乐不为呢。女管家说，这个曼蒂，脑袋瓜也是稀里糊涂的，兴许在爬梯子摘樱桃时出的事，她还不知道呢。好了，好了，米歇尔说。

曼蒂来牧师家时，米歇尔正在用餐，女管家把她带了进来。他请她坐下，让她叙说，可她却坐在那儿，低垂着眼睛，不吭声。她身上有一股肥皂的味道。米歇尔一边吃，一边不时悄悄地观察这个年轻女子。她长得不漂亮，但也不丑，年龄大了以后可能会发胖，可现在，她是丰满的，米歇尔心想，一个花样般的少女。然后，他偷偷地看了一眼她的肚子和隐现在五彩毛衣下的丰满的乳房。那是因为怀孕，还是饮食过度，他不得而知。年轻女子抬头望了他一眼，随即垂下眼帘。他推开吃剩一半的碟子，站起身，说："我们去花园吧。"

深秋了，树叶已经变了颜色，雾气在早上的时候还挺重，可现在，太阳却探出了头。米歇尔和曼蒂并肩走在花园里。"牧师。"她说。他说："不，请叫我米歇尔，我会称呼您曼蒂。"那么，她不知道孩子的父亲是谁？"从来就没有过这个父亲，"曼蒂说，"我从来就没有……"她打住了。米歇尔叹了一口气，心想，她也就十六岁或十八岁吧，年龄不可能更大了。"亲爱的孩子，"他说，"这是罪。但是，上帝将会原谅你，因为'耶和华，以色列的神如此说：各坛都要盛满了酒！'"

他们这时在一棵老椴树下站定，曼蒂从树上撕下一片叶子。米歇尔问："你知道男女是怎么同房的吗？""用鸡鸡。"曼蒂红着脸说，眼睛瞧着地。米歇尔心想，可能是在她睡着时出的事，这种事也不是没有听说过。他们在学校里学过，曼蒂轻声说，速度很快："勃起、交媾、安全期。""好，好，"米歇尔说，"学校里教的。"这都是他们干的好事，那些共产党人到现在还占着学校董事会的位子不放。

"我以圣母的名义发誓，"曼蒂说，"我从来没有……""好了，好了，"米歇尔说，突然变得异常激动，"那你觉得这孩子是从哪儿来的？你不会真的相信他是亲爱的上帝给的吧？""我相信。"曼蒂说。他即刻把她打发回家了。

星期天，米歇尔在寥寥几个做弥撒的人当中看到了曼蒂。如果没有记错，这是她第一次来。她穿了一件朴素的墨绿色连衣裙，他现在能清楚地看出她的身孕。"真不知害臊。"女管家说。

曼蒂显得有些不知章法，米歇尔看到她东张西望，唱诗时，她也不跟着唱，大家走到教堂前方领圣体时，他还得提醒她："把嘴张开。"

米歇尔宣讲如何在苦难中保持信心。每次都来做弥撒的施密特太太用低沉而坚定的声音朗读《圣经》："你们总要谨慎，不可弃绝那向你们说话的。那些弃绝在地上警戒他们的，尚且不能逃罪：不可忘记用爱心接待客旅；因为曾有接待客旅的，不知不觉就接待了天使。"

米歇尔在朗读时闭上了眼睛。他仿佛看到那位天使来到人间，他有着曼蒂的面容，腹部在白色的长袍下微微隆起，像曼蒂那样。教堂里突然变得异常安静，米歇尔睁开眼，发现大家都在用期待的目光看着他。他于是说："因此，我们能够满怀信心地说，主与我同在，我必不惧怕。"

礼拜结束后，米歇尔疾步走到教堂门口，向老妇人们告别。送走最后一位客人后，他关上门，这才看见曼蒂跪在神坛前。他走到她跟前，把手放在她的头上，她望着他，他看见泪水顺着她的脸颊流了下来。"来吧。"他说。他把她领出教堂，带着她穿过马路，走进墓地。他说："你看，这里的人，他们曾经都是罪人，但上帝把他们召唤到自己身边，那么，他一定也会原谅你的罪。""我是一个有罪之人"，曼蒂说，"可我从未与人为妻。""好，好。"米歇尔一边说，一边用手触摸曼蒂的肩膀。可当他触摸到这个曼蒂时，他感觉到自己的心和整个身子充满了一种他有生以来从未体验过的欢喜。他把手缩了回去，像被火烫着了似的。

"如果那是真的呢？"那天下午，他在沿着乡间公路走向邻村时这么想。那天，阳光明媚，天空广阔，万里无云。米歇尔用过午餐后，有些困倦，心里却仍然充满了从曼蒂的身体流入他体内的欣喜——如果那是真的呢？

他常常出门长途远足，每次都是在星期天的下午。他疾步走过那些林阴道，去这个或那个村子，没有固定目标，但风雨无阻。可那天，他却有一个目标。他给那个村里一位名叫克劳斯的医生打了电话，说想跟他谈谈，但不能在电话上告诉他谈话的内容。

那位克劳斯医生在这里土生土长，祖祖辈辈都是种地的，他认识附近每个人，据说如果急需，他也会为动物看病。他住在 W 村一栋宽敞的房子里，妻子去世后，一个人住。他说，只要不用上帝来烦他，他同样欢迎米歇尔登门拜访，不会将他拒之于门外。他说自己是无神论者，不，甚至连无神论者都不是，因为他什么都不相信，甚至不相信上帝不存在——他崇尚知识，而非信仰。一个共产党人，米歇尔一边想，一边说"好，好"，一边忍住哈欠。

医生取出一瓶烧酒，米歇尔因为必须打听一些事情，于是也喝了一杯。他一口气把酒干了,克劳斯医生随即又为他斟上,他也喝了。"曼蒂,"米歇尔说,"她是不是……或者……"他出汗了——"她声称那孩子不是她跟某个男人的结晶,她从来没有,不,她没有男人让她为妻……我的天,您知道我想说什么。"医生喝完杯中的烧酒,问米歇尔觉得这事儿到底是亲爱的上帝一手,还是用鸡鸡造成的。米歇尔绝望地盯着医生,喝完了医生再次为他斟上的烧酒,站起身,"那……处女膜,"他说,声音轻得几乎听不见,"处女膜……""如果真是这样,那就是奇迹。"医生说,"而且偏偏就降临到了我们头上。"他大笑起来。米歇尔告辞了。医生说:"我是知识的崇尚者,您是信仰的守护人,我们不要搞错了。我知道我知道什么,您可以爱信什么就信什么。"

在回家的路上,米歇尔的汗流得更厉害了,他头晕目眩,心想,这是血压的问题。他在甜菜田边的草丛里坐了下来。甜菜已经收割完毕,沿着公路被堆成长长的一垛一垛。农田宽阔极了,在远处能看到一片林子,女管家提到的那块小凸地就在这片辽阔的农田的中央,黑色的土壤里长出了几棵树。

米歇尔站起来向田里迈出一步,然后迈出第二步。他朝着凸地走去。大块的潮湿的泥土粘在他的鞋子上,他走得摇摇晃晃、跌跌撞撞,很辛苦。他在心中默念:"放心吧!只是,我们必定要撞在一个岛上。"他继续朝前走。

他听见公路上有一辆汽车驶过,也不回头。他一步一步地穿过农田。那些树木终于移近了,他忽然到达了目的地。还真像一个孤岛,农田的垄沟在那儿分了开来,像窗帘裂了一道缝,凸地如同小岛一般从地面升起,只是,那岛从地面凸起仅半米多高。凸地的四周长着草,草丛后面是一片灌木丛。米歇尔折断一根灌木枝,用它掏出鞋底的泥块,然后踏着窄窄的草丛,绕着凸地走了一圈。长得密集的灌木丛里有一道缺口,他顺着缺口往前走,在树丛的中央发现一小片空地,长得高高的草被压了下去,草边扔着几只空啤酒瓶。

米歇尔仰目朝天。隐露在树冠之间的天空看上去不像平原上那般高远,四周安静极了。太阳已经西斜,可空气还是温暖的,米歇尔脱下外套扔到草地上。然后,连自己都不明白在做什么,他解开衬衣扣子,脱下衬衣、汗衫、鞋子、裤子、内裤,最后脱下袜子。他摘下手表,然后摘下眼镜和母亲传给他的戒指,把它们一件一件地扔到衣服堆上。他站在那儿,像上帝造他时那样,赤裸裸的如同神迹。

米歇尔仰望天空,他现在觉得同它有一种从未有过的维系。他举起双臂,又一次感到晕眩。他双膝弯曲,跪了下去,他赤身裸体地跪着,双臂高举。他开始唱歌,先是轻声地,沙哑地,但不够,于是开始声嘶力竭地大声喊叫——他知道,在这儿只有上帝能够听见他,他知道,上帝在听,在低头望着他。

当他重新穿过农田走在回家的路上时,他想到了曼蒂,想到她离自己是那么近,像是与自己融为了一体。他不由得想道:我在不知不觉中,接待了一位天使。

米歇尔回到牧师公馆,从餐柜取出一瓶烧酒。那个柜子还是一个农民在妻子的葬礼后送给他的。他喝了一小杯,又喝了一杯。他一直睡到女管家招呼他吃晚饭时才醒来,头隐隐作痛。

"如果那是真的呢?"女管家上菜时,他说。"什么真的?""曼蒂,如果她真受了孕呢?""受谁的孕?""这一片土地难道不也是沙漠吗?"米歇尔说,"谁又能告诉我们,上帝不会垂青于此,不会将恩宠恰恰施于这个孩子,这个曼蒂呢?"女管家不耐烦地摇摇头:"她父亲是个开公交车的。""约瑟夫不也曾是木匠吗?""可那是很久以前的事了。"她难道不相信上帝如今尚在,耶稣会再次降临吗?"相信,我相信,但不会在我们这儿。这个曼蒂是什么?她什么都不是,她在W村的餐馆跑堂,而且还是个临时工。"

米歇尔答道:"上帝是无所不能的,我实在告诉你们,税吏和娼妓将比你们先进神的国。"女管家撇了撇嘴,回厨房了。米歇尔从来没能说服她跟自己一起用餐,她总是说,她不想让村里的人嚼舌头。"嚼什么舌头?""我们都是人嘛,"她答道,"都有七情六欲。"

米歇尔晚餐后又出门了。他沿着公路往前走,院子里的狗狂叫起来。米歇尔心想:你们将会信任上帝,甚于你们的狗。但是,这都得怪共产党人,他应该好好教导他们的,可他失败了,来教堂的人不比春天的时候多,你只要愿意,每天都能听到纵情声色和狂欢乱饮的传闻。

米歇尔走进敬老院,说要见那位每个礼拜天负责朗读经文的施密特太太。"不知道她睡了没有。"那个名叫乌拉的女护士不耐烦地说,然后起身打探去了。女共产党,米歇尔心想,她肯定是共产党。他能认出这些共产党人,他也知道他们见到他时都想些什么,但是,如果他们中有谁死了,他们还是会来请他:"好让死者有个体面的葬礼。"那位乌拉护士在请他去安葬一个身前从不去教堂的人时就这样说过。

施密特太太还没睡,正坐在扶手椅里看"谁会成为百万富翁"。米歇尔握了握她的手:"晚上好,施密特太太。"他给自己拿了一把椅子,坐到她的旁边,"您朗读得真好。"他想再次向她表示感谢。施密特太太用整个上身点着头。米歇尔从口袋里掏出一本皮革书皮的小本《圣经》,说:"今天,请允许我为您朗读。"电视里,节目主持人开始提问:"公元七十九年,哪座城市被火山吞没了,特洛伊、索多玛、庞贝,还是巴比伦?"米歇尔的声音也跟着变大:"在末世必有好讥诮的人,随从自己的私欲出来讥诮说:主要降临的应许在哪里呢?因为从列祖睡了以来,万物与起初创造的时候仍是一样!亲爱的弟兄啊,有一件事你们不可忘记,就是主看一日如千年,千年如一日。"

他继续念道:"主的日子要像贼来到一样。那日,天必大有响声废去,有形质的都要被烈火销化,地和其上的物也都要烧尽了。"

米歇尔念诵时,老妇人不停地点着头,上身来回摇摆,像是在用整个身体说"是的"。最后,她开口说道:"不是索多玛,也不是巴比伦,是特洛伊吗?"

米歇尔说:"这一天,也许比我们以为的要来得更早,但谁都无法知晓。""我不知道。"施密特太太说。"像贼来到一样。"米歇尔说,然后站起身。施密特太太说:"是特洛伊。"他把手递给她。她一言不发,当他离开房间时,也不回头望他一眼。"是庞贝古城。"节目主持人说。"庞贝。"施密特太太说。

"谁都无法知晓。"米歇尔在回家的路上心想。共产党人的狗们又狂叫起来,他猛地从地上捡起一块石头朝一扇木门扔去,门后的狗叫得更凶了。米歇尔加快脚步,不想被人发现,却没有朝着牧师公馆方向,而是向村外走去。

去 W 村有半个小时的路程。一辆汽车在公路上迎面驶来,他远远地便能看见汽车前灯投射的光。他躲在林阴道的树后，直到车子驶过。那块凸地现在成了灰色农田中一块深色的斑点，看起来比白天时近了许多。天空布满了星星——天冷了。

W村街上空无一人，屋子里点着灯，两条街道的交叉处亮着一盏路灯。米歇尔知道曼蒂住在哪儿。他在花园门口停下，望着那座小平房。他看见厨房里人影晃动，像是有人在洗碗。米歇尔的心里暖暖的。他把身子靠在花园的门框上，听见离自己很近的地方有呼吸声，忽然，一条狗狂叫起来。他猛地后跳一步，然后拔腿就逃，跑出不到一百米，他听见房门打开的声音，一束光射入黑暗，一个男人大声喊道："闭嘴！"

过了几天，女管家告诉米歇尔曼蒂在哪儿工作，他便去了一次W村餐馆。女管家说对了。

餐厅的屋顶很高，墙被香烟熏黄了，窗玻璃蒙着雾气。餐厅摆设陈旧，没有一件互相匹配，除了曼蒂，屋里空无一人。她站在柜台后面，两只手放在前面的吧台上，仿佛生来就在那儿似的。她微笑着低下头，米歇尔觉得她的脸在这个阴郁昏暗的空间里放着光。他在门口近处的一张桌子边坐下，曼蒂走了过来，他点了茶。她转身离开了。他心想，但愿不会有客人进来。曼蒂端上茶，米歇尔往茶里加糖，曼蒂依旧站在桌边。米歇尔心想，一位天使站在我的身边。他快速地喝了一口,嘴被烫着了,然后开始说话,眼睛却不看着曼蒂,她也不看着他。

"那日子,那时辰,没有人知道,连天上的使者也不知道,子也不知道,惟独父知道。挪亚的日子怎样,人子降临也要怎样。当洪水以前的日子,人照常吃喝嫁娶,直到洪水来了,把他们全都冲去:人子降临也要这样。"

米歇尔抬起头,看见曼蒂哭了。"不要惧怕。"他说,然后站起身,把一只手放到曼蒂的头顶,犹豫了一下,又将另一只手放在她的肚子上。"他的名字会是耶稣吗?"曼蒂轻声问。米歇尔愣了一下,他还从没想过这个问题。他说:"风随着意思吹,你听见风的响声,却不晓得从哪里来,往哪里去。"

他给了曼蒂一份教会为年轻妇女和孕妇准备的指南小册子,他这方面的知识也都来自于它。他让曼蒂来参加《圣经》辅导课和做弥撒,说,这是现在最重要的事,她有许多课要补。

几个月的时间就这么过去了。秋去冬来,第一场雪落了下来,雪盖住了村子、树林、农田,盖住了一切。冬天在乡间蔓延开来,取暖用的木柴燃烧后散发出的酸味飘落到了街头。

米歇尔由着性子在乡间散步,从一个村子走到另一个村子,然后穿过那片已经冻得僵硬的宽阔的甜菜地,朝凸地走去。他又一次站立在那儿，高举双臂，树上的叶子落光了，天空变得又高又远。米歇尔等待神迹出现。但是，什么也没有发生：天空中没有一颗星星不是之前就已经在那儿了，农田里没有天使显现向他宣示，没有国王，没有牧人，也没有绵羊。于是，他心感羞愧，想：我没有被选中，她，曼蒂，将获得神迹，天使将向她现身。

曼蒂现在每个星期三从 W 村开着轻骑来上《圣经》辅导课，每个星期天来做弥撒。她的肚子一天一天地大起来，脸却变得狭窄而苍白。礼拜结束，众人散去后，她会留下，同米歇尔坐在一条长椅上轻声交谈。她说，孩子的预产期是二月。米歇尔心想：怎么不是圣诞时分，或者复活节？圣诞节就要到了，复活节还得等到三月底，到时再说吧。

女管家从门里探出头，问牧师先生是否有用午膳之意，她辛辛苦苦做好的饭菜也没人夸上一句，一句都没有，还剩了一半。米歇尔说让曼蒂留下一起用餐，反正足够两个人吃的，"不，够三个人吃的。"他说，然后，两人都羞涩地笑了。女管家一边摆第二副餐具，一边说："我们索性开爿客栈好了。"她砰砰作响地端上饭菜，也不说一句"慢用"，就走了。

曼蒂说父亲折磨她，他想知道谁是孩子的父亲，当听到她回答"亲爱的上帝"时，便暴怒起来。不，父亲没有揍她，只扇了耳光，她说，她母亲也扇了。她想离家出走。两人沉默着吃了饭，米歇尔吃得不多，曼蒂却添了两次。他问："好吃吗？"她红着脸点点头。他于是说，她可以搬到牧师公馆住，反正地方够大。曼蒂胆怯地看着他。

"那不行。"女管家说，米歇尔沉默了。"我会在这之前搬出去。"女管家说，米歇尔还是沉默，交叉着双臂，他想起《圣经》里描述的伯利恒之夜，心想：这次不行。这个念头让他坚强起来。"那我走。"女管家说。米歇尔缓缓地点点头，心想，这样更好，他早就怀疑管家是共产党了，天晓得她还是什么。她总是说她也只是一个凡人，她有一个异教徒的名字——卡萝拉，他也听说过有关她和自己结过婚的前任的风言风语，说他俩在教堂的法衣室里如何如何。这成何体统。这个女人没有资格教训他，她最没资格了，连饭都做不好。

女管家先是从厨房，然后从公馆消失了，说什么这样做不正派，不合礼数。曼蒂搬进来，成了新任管家。这是同她父母商议好的，他们因此还得到了一笔钱。曼蒂已经有五个月的身孕，肚子大极了，上楼梯时喘得像头奶牛，有一次，她背了一块厚重的地毯到露天晾晒，米歇尔都担心孩子会有闪失。

那天，米歇尔同往常一样散步回来，看见曼蒂在牧师公馆前敲打地毯的灰尘，便说她不能累着了。他的身体不甚强壮，却硬是自己把地毯搬进了屋里。曼蒂说："圣诞节快到了，之前应该打扫得干干净净的。"米歇尔很高兴，觉得这话是好兆头。他向来觉得这女孩不够虔诚,即使在对着圣母发誓,并坚称自己的孩子——用她的话来说——是耶稣小圣婴时也是如此。她曾经说过,自己的教籍是新教,仅此而已。米歇尔曾经因此心存疑念,也为此羞愧。可这些疑念已经生起,侵蚀着他的爱和信念。

米歇尔从现在开始负担起了全部家务,曼蒂继续负责为他做饭,然后,两人坐在光线暗淡的屋里一起用餐,话也不多。米歇尔晚上工作到很晚,研读《圣经》,听见曼蒂从浴室出来时,他会停下五分钟。他欣喜得无法继续工作。然后,他会去敲曼蒂的门,她叫道:"请进,请进。"她这时已躺在床上,被子一直拉到下巴底下。他坐到她身边,把手放在她的额头或盖着她肚子的被褥上。

有一次,他问她都做些什么梦。他一直在等待神迹出现。可曼蒂不做梦,她说自己向来睡得很沉,很酣。他于是问她可是真的从没交过男朋友之类的,是否除了来月经,就从没在床单上发现血迹。他觉得这样同她说话很是尴尬,心想,如果她真是新圣母,那我这可算是怎么回事。曼蒂没有回答他的问题,哭着问他是不是不相信自己。他把手放在被单上,他的眼睛湿润了。他说:"我们被称为神的儿女,我们也真是他的儿女。世人所以不认识我们,是因未曾认识他。""谁未曾认识他?"曼蒂问。

一次,她拉开被子。她穿着薄薄的睡衣,躺在他的面前。之前,米歇尔的手放在被褥上,现在,他把手抬了起来,悬空在曼蒂的肚子上方。"他在动。"曼蒂说着，用两只手抓起他的手放到自己圆滚滚的肚子上压住。米歇尔的手抬不起来了。那只手久久地放在那儿，沉重得像一桩罪孽。

圣诞节过去了。曼蒂平安夜去了父母家，可第二天就回来了。来教堂的人不多。村里已经有人开始议论米歇尔和曼蒂，好几封信写到了主教那儿，主教那儿也回了好几封信，还打来了一个电话。之后的某个星期天，主教的一名心腹来到村里，同米歇尔吃了饭，谈了话。曼蒂那天在厨房里独自用餐，她很是不安。客人走后，米歇尔却说不用担心，主教很清楚乡间人情险恶，老共产党人还在继续攻击教会，挑起纠纷。

时间一天天过去，胎儿一天天成长，曼蒂的肚子一天天变大，甚至在米歇尔早以为它不可能再大下去的时候也没有停止，好像那肚子不是长在那人身上似的。这时，米歇尔会把手放在那个即将出生的孩子上，感到幸福。

一天下午，米歇尔又准备去散步时，一件可怕的事发生了。走出不到半个小时，他发现忘了带《圣经》，于是调头往牧师公馆方向走去。他悄悄地进屋，悄悄地上楼，曼蒂现在也常常在大白天睡觉，他不想吵醒她。可当他走进自己的房间时，却看见曼蒂赤裸裸地站在屋里，站在那面镶在大衣柜门背后的大镜子前观察镜子里的自己。她侧着身子站在镜子前,也就是米歇尔的面前,暴露无遗。曼蒂也已听见他上楼的声音,把身子转向他。两人于是就这么对视着。

"你来我房间做什么?"米歇尔一边说,一边希望曼蒂能用手遮挡一下身子。可她没有这么做,两只手像两片树叶似的垂落在身体两侧,一动不动。她说,她的屋里没有镜子,她想看看自己的肚子大成什么样了。为了能够不用再望着她,米歇尔朝曼蒂走去。于是,他的双手就这样触摸到了她的,就因为他同曼蒂,曼蒂同他在一起,他再也无法思想。米歇尔的手于是就这样搁在那儿,像一只刚刚从伤口里诞生的——兽。

然后,米歇尔睡着了。醒来时,他想,上帝啊,我都做了些什么。他蜷缩在床上,用手遮住自己深重的罪孽,曼蒂的血是她的见证和他的证据。他诧异为何没有烈火来销化那些有形质的,为何天不崩,地不裂,也没有闪电或其他东西来处死他、惩治他。什么也没有。

即使当米歇尔已经走在通往 W 村的林阴道上时,天也没有为他而开。他要去田里的那片凸地。他匆匆忙忙,磕磕绊绊地跨过一道道冻得僵硬的犁沟。出门时,曼蒂,那个寄他篱下的曼蒂已经睡了。

他到了凸地，在雪地里坐下。他又累，又伤心，又失落，他站不住了，他要待在这儿，再也不走，让他们，让春天来这儿纵欲的农场主和他的女人为他收尸吧。

天暗了，变冷了，夜幕降临了。米歇尔坐在凸地的雪中，潮气湿透了大衣。他感到寒冷，于是冷静了下来。他心想：我们相爱，不要只在言语和舌头上，而是要在行为上——所以，为了让他们相爱，上帝把曼蒂带到了他的身边，把他带到了曼蒂的身边。她十八九岁，已经不是孩子了。不是说，这将无人知晓吗？不是说，主的日子要像贼来到一样吗？于是，米歇尔想道：我无法知晓。如果上帝之子降孕于她是上帝的意愿，那她接纳了他，就也是上帝的意愿——他难道不也是上帝的作为和造物吗？

米歇尔透过树丛的枝叶只能稀稀落落地看见几颗星星，可当他走出树丛，走进田野时，却能够将寒冷之夜所能显现的星星尽收眼底。在来到这里之后，他第一次不再畏惧这片天空，他庆幸它是如此遥远，在这片无边无际的农田里，自己渺小得连上帝都得多看一眼才能找到他。

他很快回到村里，狗狂吠起来。米歇尔朝着院子的大门扔石块，模仿它们愚蠢的狂嚎和大叫，狗们被激怒了，叫得愈加疯狂。米歇尔哈哈大笑，笑得直到无法自制。

牧师公馆里亮着灯，米歇尔进了屋，闻到曼蒂做饭的香味。他正在脱下湿漉漉的鞋子和厚重的大衣,这时,曼蒂走到厨房门口,胆怯地望着他。他说,天变冷了。她说,饭做好了。米歇尔走到曼蒂跟前,吻了一下她的嘴——嘴唇笑了。晚饭时,他们为孩子起了一个名字,然后又起了一个。道晚安时,他们握了握对方的手,回到各自的房间。

一月,天一天一天变冷,老式牧师公馆怎么生火也暖和不起来,于是,一天晚上,曼蒂从客房搬进了主人温暖的卧房。她抱着自己的被子,米歇尔一言不发地挪到一边,她躺到了他的身旁。那天晚上,以及之后的每个晚上,他们就这样躺在同一张床上,一天比一天了解对方,更爱对方。米歇尔见到了一切,而曼蒂也不因此感到羞愧。

这可是一种罪孽?但谁又会在意?曼蒂不是已经用自己的血见证了那个成长中的胎儿是神洁净的孩子吗?可是,洁净能够存在于不洁之中吗?

当米歇尔早已不再相信自己的劝诫能够触动这个村子里的居民和共产党人时,他们却不知怎的被这个奇迹触动了,现在来敲门的也是他们。他们话不多,递上随身带来的东西。女邻居送来了一个蛋糕,说反正一样是烤,多烤一个,少烤一个没什么区别——还有,曼蒂一个人可应付得了?

又一天，餐馆老板马柯来打听什么时候临产。米歇尔把他请进客厅，叫来曼蒂，然后去厨房沏了茶。三人因为不知道该说些什么，就这么坐在桌边，一语不发。马柯拿出一瓶科涅克白兰地，放到桌上，说他当然知道这东西幼儿不宜，可孩子咳嗽时，难说用不上。接着，他想听个原委。米歇尔叙述时，马柯不可思议地望着曼蒂和她的肚子，问你肯定吗？米歇尔说，这没人知道，谁都无法知晓。可这也太不可思议了，马柯说。他拿起那瓶科涅克白兰地，看了看，有些犹豫的样子，然后把酒放回桌上说，三颗星，这是最好的牌子了，可不是给客人喝的那种。他显得有些尴尬，站起身，挠挠头，说，今年夏天，你还跟我一块儿骑摩托车呢，随即笑了：还真有这种事，他们一大帮子人去 F 村附近的湖里游泳，谁又能料到呢。

马柯告辞时，施密特太太已经走到前院花园了。她给孩子织了一些衣物，陪她一起来的是敬老院那位米歇尔原以为是共产党人的乌拉护士，她也带了礼物，是一件玩具，她还想让曼蒂触摸自己。

人们就这么一个接一个地来了。客厅的桌上堆满了礼物，柜子里又新添了十瓶或更多的烧酒。孩子们带来画着曼蒂和孩子的画，有时，画里也有米歇尔，还有一头驴和一头牛。

不久，开始有人从 W 村和邻近的村子来探望将为人母的曼蒂，询问她对一些日常琐事的建议。曼蒂做出回答，抚慰他们，有时，她把手放在他们的手臂或头上,一言不发。她是如此宁静安详,连米歇尔也觉得她焕然一新,不同于从前。一切变得井井有条。村里的一些纷争在这些日子里平息了,米歇尔现在上街时,连狗似乎也不那么野蛮了,一些房屋的窗户和门上重又挂起了圣诞节时用麦秆做成的星星和花环——整个村子沉浸在愉悦之中,仿佛圣诞将近。大家心照不宣。

一次,那位克劳斯医生也来探望。他敲门时,米歇尔却没有去开,他和曼蒂在楼上,安静得像两个孩子,他们望着窗外,直到医生离去。

第二天,米歇尔去W村拜会那位医生。医生斟上烧酒,问那个曼蒂现在情况怎样。米歇尔滴酒未沾,只说一切都好,不需要医生。那么,那些故事何从讲起?米歇尔答道:"那从地而出的,属于地,而且所说的也属于地。""总之,"医生说,"这孩子会在尘世,而非天上出生。如果需要帮忙,拨个电话,我马上就到。"于是,两人握了握手,便无话可说了。米歇尔回到村里,却先跑去敬老院找到了乌拉护士,她有四个孩子,知道生孩子是怎么回事。护士答应到时帮忙。

二月到了,是时候了,孩子出生了。米歇尔和被他叫来的乌拉护士成了曼蒂的助产士。消息传开后,村里人聚集在屋外的街上,静静等候那一刻的到来。那一刻到来，孩子降生时，夜幕已经降临。乌拉护士走到窗前，把孩子高高举起，好让窗外的人都能够看到。可是，那是一个女婴。

米歇尔坐在曼蒂的床边，握着她的手，望着孩子。"长得不好看吧。"曼蒂说，其实是在问。乌拉女士问初为人母的她，现在不能靠替牧师做家务挣钱了，她想带着孩子去哪儿。这时，米歇尔答道："娶了新妇的，便是新郎。"然后吻了曼蒂，好让女护士能够看到。护士后来是这样告诉大家的：他承诺了。

这个女婴现在不能叫"耶稣"了，于是，他们现在就管她叫桑德拉。村里人相信，这个孩子是为了他们降临人间的，既然如此，她为什么不能是女孩呢？于是，人人高兴，个个满意。

孩子出生后的那个星期天，教堂里还从未如此满座。曼蒂和孩子坐在最前排的长凳上，风琴开始演奏。乐音平息后，米歇尔走上布道坛，开始宣讲："这个孩子是不是如同世人盼望已久的那样，我们不知道，也无法知晓。而你们自己也已经听到了：主的日子来临，就像夜里的贼来临那样。——主的日子就这样来临了，但你们，兄弟姐妹们，却不在黑暗之中。因为睡了的人是在夜间睡，醉了的人是在夜间醉，但我们既然属乎白昼，就应当谨守。从肉身生的，就是肉身；从灵生的，就是灵——但我们，蒙爱的人啊，都愿是神的儿女。"

你得走进田野……

那时，你从特鲁维尔出发，沿着狭窄的山路登上那座小山丘，然后穿过一片收割后的农田，去寻找更好的角度。泥土大块大块地粘在你的鞋底，皮鞋的面料湿透了。一个不到十岁光景的孩子，是个男孩，看着你穿过农田，打开折椅，开始对着风景画速写。他先是从远处观察你，然后一步一步，慢慢地像一只猫似的小心翼翼地走近你。他身上的衣服又旧又脏，颜色近似于他出现的那块土地，头发有些红闪儿，在间或从云朵间投射下的太阳光中变得几近透明。他的鼻子塞住了，鼻翼不停地抽翕着，他半张着嘴，以便呼吸更加顺畅，这让原本漂亮的脸变得扭曲，显露出一副愚笨的样子。

你从画匣中用来清洁画笔的一小叠亚麻布里取出一块，递给他：

"擦擦鼻子吧。"

他吃惊地看着你，用布擦擦鼻子，然后又擦了擦颈脖，好像出汗了似的。可天气凉爽，他也没穿外套，那一定是在模仿他父亲的动作。

"你住在这儿？"

他点点头，摘下帽子。

"这是你们的地？"

他又点点头，走近一步。他想看你在速写本上画了什么，却缩着头，像是害怕挨打的样子。你从他的脸上看出那个问题是在转了好几个弯之后浮现出来的，但又不敢把它说出来，最后，还是好奇心占了上风，他问：

"先生，您为什么做这个？"

为什么做这个？这是所有问题中最让人害怕的，一个谁都不应该问自己的问题。他没问你在做什么，他不傻，他一定已经观察过其他画家。

他活到现在有没有见过一张画？他或许见过教堂里的圣像画，可风景呢？你弄脏了鞋子，站在他父亲的田里，试着去捕捉河与海的交汇处，捕捉海和他的村子里那几座零落的房屋。除了那座村庄，他还从没去过别处——在他看来，这一切该有多么荒唐可笑。

你给了他一块硬币作为报酬，他鞠了一躬表示感谢，就走了。你继续工作，迅速作画，为了不错过眼前的一幕——河口近处的渔船就要从你眼皮底下溜走了,它们正驶进港口。

后来下雨了,你心想,那男孩现在会去哪儿呢?他可有安身之处?这让你有些心神不安。你心想,那些乌云会从哪个方向飘过来?这无关紧要,天气是农夫才应该关心的事情。

现在,你成了眼睛和手,你哼着莫扎特,你挚爱的莫扎特的旋律。作画就应该像他谱曲那样轻而易举,顺理成章,画得再也没有人向你提出任何问题。

您为什么做这个?你是画家,就为这个。你除了画家,就什么都不是了。

当你回到画室根据那张速写完成油画时,你努力回忆当时的光线,阴影和光在海上的反射——海面有反光吗?——还有色彩和色调的变化。那个男孩不时地在你的脑中浮现,还有那个你还从未问过自己的问题:你为什么这么做?

你可以、而且将会永远这么做下去,你现在收集的素材已经够用一辈子了。一本本满满的速写和满脑子的风景在等着你去画,每天又有新的风景出现,每个为你所见的风景都是一份作业——太阳为你而升,为你而落,风为你刮过天空,草儿树儿为你生长。

你为什么这么做?为什么不呢?你知道自己画得不错,你爱那些小速写胜于一切,它们挂满了你画室的墙壁。你也爱在户外工作,观察风景，作画。那里，只有光线在变化，阴影在缓慢地几乎不为人察觉地移动。在罗马那会儿可真叫恼人，街头那些男孩不等你画完便一哄而散，害得你攒下一堆没有完成的画稿。风景不会离你而去。

你画速写不是为了拿给人看，你也不在画展展出你的速写。那些来画室探望你的朋友希望看到你即将公开展示的带有神话场景或宗教画面的风景大作，他们会发表一些让你莫名其妙的评论。但你不在乎，你宁可自己犯错，也不愿意遵从二十个评论家正确的意见。他们谁都比你有见地，都想给你出主意，好像你不知道自己没有和为什么没有创造出杰作似的。你对《圣经》和神话故事里的人物毫无兴趣，你真正热爱的是速写，是气氛和情调。

你希望能够成功地捕捉住那一刻，能够让那个来自特鲁维尔的男孩一眼认出自己的村子，看到它的美丽，看到那一刻的美——可是，又有谁在乎这些呢？

塞纳贡老先生爱看日落。在鲁昂时，他每天傍晚同你一起外出散步，向你讲述《圣经》里那些千篇一律的故事，好像他需要一个借口同你待在一起似的。你无所谓那些故事，你从来不关心已经发生的事情和人们对这些事情的陈述，你对过去无动于衷，只在乎此时此刻。塞纳贡牧师走在你前头两步开外处，双手交叉在背后，说起话来不紧不慢，深思熟虑。突然，他沉默了，停下脚步，说："看，那云彩的颜色。"——好像你之前没在看它们似的。

你们坐在一条长凳上，默默地看着太阳落山。天暗得很慢，几乎让人感觉不到。可当太阳消失在地平线之后，一切在一秒之间全部改变。那是一个光明仿佛即将死去的可怕的时刻。你一次又一次地画日落，像为了摆脱必定降临的死亡。

你已经二十九岁了，很快将离开父母去意大利。想成为画家，就得去意大利。即将到来的旅行让你高兴，却也令你忐忑。那里，一切都会不同，你将结交新人，睡异乡人的床，说他乡人的话。你想到了罗马城的女人。你曾经去过几次鹈鹕街，可罗马的女人不一样，米夏隆告诉过你有关罗马女人的故事。那次，她们的故事引起了你的兴趣。

你添置了一只行李箱和一些旅行用的衣服、一顶宽边帽、颜料和画笔。一切准备就绪，再过几天，你就要上路了。现在，走在巴黎的街上，你看到的一切都不同于从前，你像是头一回见着它们，它们让你觉得新鲜和兴奋，你被这座城市的美丽惊住了。最后一眼，如同第一眼。

你在画自画像，这是父亲要求的，他希望你临行前留下一张自己的画像。父亲同这张画像会相处得比你更好，因为画像不会早上赖床，不会丢三落四，也不会因为漫无目的地四处游荡而惹父亲生气。

你第一次用画家的眼光观察镜子里的自己。你不英俊，可你喜欢自己的样子。你笑了。你会画自己面带微笑的样子。你用这种微笑勾引妇女，父亲训斥你、鞭策你时，你也用同样的微笑让他怒不可遏。只要你微笑，就没有人能够伤害到你。你不喊，不叫，只是微笑。

你在画你的脸，在捕捉自己。你总是想捕捉住画面，想倚仗它们。当学徒那会儿，你给人跑腿，总会在那些画廊前停下脚步，欣赏橱窗里的画，而且每次欣赏的总是同一幅。有一天，其中一幅画突然不见了，那是一张瓦朗谢讷的风景写生——你激动地冲进画廊，想打听画的去处，看它最后一眼，你觉得自己像是失去了一位亲人。可接着，你又胆怯了，说自己走错了门，红着脸跑了。

你的画是你的倚仗，你从来不想卖它们，也曾经把卖出去的画又买了回来。它们是属于你的，是你生命的一部分。你看着它们，它们不会改变，即使晚上把灯灭了之后，你仍然知道它们在黑暗之中。

你真该在薇克托娃活着时为她画一张像。如果不是因为她，你永远也当不了画家。她的死让父亲痛不欲生，对一切心灰意冷，他把为女儿攒下的嫁妆钱给了你。如果你为她画了像，那她就会存活于世。可你是后来才学会画人，学会如何去看和去观察的。

你学会了：世界是平的，空间是模糊的，它是由阴影和明暗色调组成的，时间是不存在的。

在你早已死去，在你在特鲁维尔的田野上遇见的那个男孩也早已死去之后，你的画还会在那儿，几乎毫无改变。你真该对那个男孩说："在你我都死去之后，这张画将继续存在，即便你的村子已经改头换面，这幅画里依旧会是你认识的村子——可是，我俩死后，来看这幅画的又会是谁呢？"孩子总是让你想到死亡，想到你自己的死亡和时间的流逝。或许这就是你从来不想成家的原因。

我这一辈子真正想做的事，是画风景——你在意大利写信给阿贝勒·奥斯蒙时这样写道，那时，你刚过完三十岁生日——画风景，我将锲而不舍地画风景。这个决心将妨碍我去建立任何一种固定的关系，我指的是婚姻关系。

好像这两件事水火不相容似的。你这是在骗他，还是同时在骗自己？你是一个画速写的人，这才是真正的原因。风景也好，女人也好，你下不了从一而终的决心。那些眼睛、肩膀、手和臀部，女人的样子，浮光掠影，惊鸿一瞥，短暂得什么都无法变化，对于你，就已经足够。可是，即便在罗马，短暂的光阴也是昂贵的。

你的情欲是用眼睛去看，你的房事是用画笔去画，其他任何与肉体有关的事情早已让你厌烦，它们只会让你从工作中分心。你做爱如同用餐，饿了就吃，迅速而漫不经心，从不挑三拣四。床是留给美丽的意大利女人，爱是献给可人的法国女郎的，你在给阿贝勒的信中写道，作为画家，我更喜欢前者——罗马的青楼女子，出工有固定的价格，完工后莞尔一笑，便走了。

你从来没有真正爱过谁。你害怕去爱，害怕失去她们，害怕依赖她们。爱情使人脆弱。或许，这就是你受人青睐的原因：因为你对人没有任何期望，因为你对他们无动于衷。你向来慷慨大方，帮过许多人，也不求留名，你以此换取自由。你不想被人干扰。

你也出于同样的原因不喜欢海。当你在特鲁维尔的农田里眺望大海时，你意识到了自己不喜欢海。海总在不断变化，它是危险的，它能淹死人，而你却需要脚踏实地——应该把这个世界冻结起来。可奇怪的是，你从来没有画过雪。

人是应该可以把爱的那一刻铭记于心，然后在回忆中生活的。然而，记忆是靠不住的，人能够回忆的，是情感，而不是外在的显现。有一次，你想凭记忆画安娜，你可亲可爱的安娜，可一拿起铅笔，她的面容就变得模糊不清了。你的记忆成为了一种情感，情感没有鼻子，没有脸颊，也没有嘴唇，情感是不准确和不可信任的。而准确，从来就是你最高的标准，作画时，你不可放任丝毫。

记忆在欺骗你，你也在欺骗记忆，你重新绘制它，摧毁它。这个世界不存在色彩，色彩是相互依存，互相显现的。你依从于它们。这种绿色，这种赭色，还有这种蓝色，在你在调色板上调出它们之前，它们并不存在。线条、平面和颜色构成了你的世界，你的光是铅白色的。

你在画自己。看到自己的脸在画笔之下一笔一笔地改变，变成了一道风景，一道不明确的风景，一个平面，你吃惊极了，有那么一刹那，你害怕会失去自己的脸。

我画女人的乳房如同画一只普通的牛奶罐，形状和色调的对比才是关键——你说这话时，有没有想到安娜的乳房？

她的爱只会让你心烦，为了把自己从她那儿解救出来，你必须同她上床，必须画她。您为什么不画我呢，她曾经开玩笑地问。她为什么要让你画她？她认为这是你的爱情的见证，却不知道这将会而且必定会毁掉你的爱情。只要被你观察过的事物都会改变，都会变成一张画。你一旦开始观察她，她的脸便会僵死，无论你如何反抗，你看到的仍将是线条、平面和颜色。一旦开始画她，你便会发现她的另一种美，她作为肖像的美，你会爱上她的肖像，安娜将会永远无法与之较量。

"您可以把它挂在画室里，让我一直陪在您的身边。"

"当模特儿是一件很辛苦的工作，您知道，您得很长时间一动不动。"

"这对我可是轻车熟路，我这辈子就没干过别的。"

"可我不能画您，因为我没法观察您，我对您的感情会蒙住我的眼睛，我无法画我爱的东西。"

她笑了，有些受宠若惊，却带着责备的眼神看着你：

"如果您真的爱我的话……"

她打住了，该轮到你行动了。可你却只吻了一下她的手。没有人能够像你这样善于沉默。她想了一下：

"您难道不爱您画的风景吗？"

"我爱我的画，风景对我都一样。"

阿维尼翁风光、奥尔良圣帕泰尔恩教堂、枫丹白露的森林、特鲁维尔、图克河口，你起这些名字，像是为了呈现某个村庄、某个教堂、某座桥梁，你爱这些村庄和风景，可画它们时，你必须对它们无动于衷。你一次在开玩笑时道出了真情：你的创作源自充满激情的冷漠。

这很难解释，也很难让人理解。你尽量准确地描绘你所看到的事物，可你的用意却不在于画面的精确，你努力捕捉的，是感觉。你尽可能准确地捕捉那种模糊的感觉，果断是最重要的。

你的目光冷静，但不冷酷，目光冷静是前提。如果想做到冷静地看，就不能与对象产生共鸣。冷静地看，意味着你只能是眼睛，否则，你无法去感受一道风景或一个人。而想要感同身受，最重要、最首要的是——忘掉自己，脱离自己。你的目标是同物体拉开距离。如果没有省略不画，你也老是画不好近景。你拒绝近距离，近，意味着温暖。人们在相爱时，是彼此亲近的。

你重返特鲁维尔。为了核实一些细节，你又登上了那座山丘。你得走进田野，而不是去看画——这话你跟那些一边在卢浮宫里临摹、反刍大师作品，一边自以为了不起的同事们都不知说过多少遍了。贝尔坦先生也曾经让你去临摹画作，你却只画了那些紧绷着脸痛苦作画的可怜画家。人，得走进田野……

你沿着陡峭的山坡朝高处走。空气清凉，可你还是出汗了。午餐后，你有些睡意蒙眬。你听到远处海浪拍岸的声音，一条狗在狂叫。这次，为了不弄脏鞋子，你沿着田埂走。你又一次见到了那座村庄，那片河湾和大海。

你突然有一种可怕的感觉，你觉得那片风景不对头，它同你创造的真实世界不相符合。从那以后，你会经常去描绘这种感觉。那个"在读书的年轻女子"停止了阅读，从书本上抬起头，再也分辨不清这个世界。你会画出她眼中的惊愕，她的微笑也是你的微笑。她知道再也没有任何东西能够伤害到她，她生活在一个属于自己的世界之中，一个时间不会消逝、没有死亡的世界。

你站在特鲁维尔高处的农田旁。这是你的田野。你俯视着你的村庄，你的大海，仰望你的天空。铅白色的光。

傍晚时分，你回到村里，遇见上次那个男孩，他正蹲在路边玩一块积木。他在地上把木头拖过来，拉过去，也不知道把它当作什么了，一头牛，或许一只猪？你问他。他胆怯地抬头望着你，像做了什么不该做的事被你当场抓获似的。他也许没有认出你来。

"是马车，先生。"

你怎么能看不出来呢。

"它去哪儿？"

"去巴黎。"

"我马上也要去那儿。车里还有空座吗？"

现在轮到他笑了，他在笑你上当了：

"这只是一块木头呀。"

一块木头，一张纸，一块画布，你可以把它叫作马车，叫作桥梁，叫作风景，叫作人。这是一种游戏，每个孩子都会玩。

"你为什么这么做？"

他用孩童才有的那种茫然的眼神望着你，然后站起身跑了，连自己的玩具都没带上，它就在你的脚下。你弯下腰，捡起它。那是一块木头，一块寒碜的木头而已。